**SAMMLUNG KLASSISCHER WERKE**

# Siddhartha
## HERMANN HESSE

# 悉达多

[德]赫尔曼·黑塞 著  文泽尔 译

**图书在版编目（CIP）数据**

悉达多 /（德）赫尔曼·黑塞著；文泽尔译. -- 杭州：浙江文艺出版社，2025. 6. -- ISBN 978-7-5339-7961-4

Ⅰ. I516.45

中国国家版本馆CIP数据核字第2025R5F635号

| | | | |
|---|---|---|---|
| **策划编辑** 周 易 | | **封面设计** 山川制本workshop | |
| **责任编辑** 周 易 | | **营销编辑** 张 苇 | |
| **责任印制** 吴春娟 | | **数字编辑** 姜梦冉 诸婧琦 | |
| **责任校对** 朱 立 | | | |

悉达多

[德]赫尔曼·黑塞 著　文泽尔 译

| | |
|---|---|
| 出版发行 | 浙江文艺出版社 |
| 地　　址 | 杭州市环城北路177号 |
| 邮　　编 | 310003 |
| 电　　话 | 0571-85176953（总编办） |
| | 0571-85152727（市场部） |
| 制　　版 | 浙江新华图文制作有限公司 |
| 印　　刷 | 杭州富春印务有限公司 |
| 开　　本 | 787毫米×1092毫米　1/32 |
| 字　　数 | 120千字 |
| 印　　张 | 7.5 |
| 插　　页 | 4 |
| 版　　次 | 2025年6月第1版 |
| 印　　次 | 2025年6月第1次印刷 |
| 书　　号 | ISBN 978-7-5339-7961-4 |
| 定　　价 | 54.00元 |

**版权所有　侵权必究**

真正地享受，

真正地生活，

而不仅仅是作为一名旁观者，

伫立一旁，格格不入。

● [德] 赫尔曼·黑塞

# 目 录

第一部                *1*

第二部              *71*

第一部

致献挚友罗曼·罗兰

# 婆罗门①之子

在房屋的阴凉处，在河岸舟畔的阳光下，在婆罗树林②的荫翳中，在无花果树的影子里，悉达多③长大了，这位俊美的婆罗门之子，这只振翅欲飞的雏鹰，跟哥文达④——他的朋友，同为婆罗门之子——一块儿长大。阳光，于岸边徜徉之时，于游泳嬉闹之时，于圣洁沐浴之时，于神圣祭祀之时，晒黑了他肤色浅淡⑤的双肩。阴影，于杧果林间徘徊之时，于孩童伙伴玩

---

① 印度四大种姓中的最高级种姓，由祭司和学者所组成的知识分子阶层，在古印度享有大量特权。——译者注（如无特别说明，本书脚注均为译者注）
② 原文为Salwald，其中sal出自梵文Sāla，为"高远"之意。相传摩耶夫人在蓝毗尼园中手扶娑罗树，诞下悉达多。该树种属于常绿乔木，常见于印度、东南亚等地。
③ 原文为Siddhartha，梵文中有"智慧"之意。佛教中的悉达多即释迦牟尼的本名，相传其是古印度北部迦毗罗卫国净饭王的太子。本书中的主角悉达多只是跟历史人物同名，经历大有不同。
④ Govinda，印度常见人名，出自印度史诗《摩诃婆罗多》，为印度教神祇"黑天"的别名。
⑤ 四大种姓严格依照血统来划分，肤色越浅，地位越高。婆罗门主要为雅利安旁遮普人，肤色最浅。

耍之时，于聆听母亲歌唱之时，于神圣祭祀之时，于学者父亲教诲之时，于圣人贤者对话之时，流进了他黑色的眼眸里。长久以来，悉达多都在积极观察圣人贤者们的对话，并且以哥文达为对手练习唇枪舌剑，与哥文达一道培养观察事物的技巧，为禅修冥想打好基础。悉达多已经懂得如何无声地念诵"唵"①，如何念诵这万字之首，如何借由呼吸吐纳将其悄无声息地融入自我，如何借由呼吸吐纳将其悄无声息地排出，他的精魂得以聚集，他的额头上笼罩着澄明洞达的光芒。悉达多已经明白，阿特曼②就藏在自身深处，可以感知到其存在，阿特曼是不灭的，与宇宙万物俱为一体。

悉达多的博学多才、求知若渴，令他父亲倍感欣喜，隐约之间，已能见到一位伟大圣贤、伟大祭司的身影，自儿子身上冉冉升起，假以时日，悉达多必将

---

① 原文为 Om，即梵文 Ōm，据《吠陀经》说法，"唵"这个音节在古印度文化中非常神圣，是世间出现的第一个音，也是婴儿出生后所发出的第一个音，象征宇宙的根源、神秘与统一，代表了所有意识层面的声音与音节，古印度教禅修冥想中通常用在起始部分。
② 原文为 Atman，即梵文 Ātman，古印度哲学术语，大意为"神性本体"，即并非表现在外的人格或个体行为，而是"我之本质"，是无处不在的，其定义上存在着朴素的唯心主义泛神论倾向。

成为婆罗门种姓中的贵胄名流。

悉达多迈开大步前行的矫健身姿，映入他母亲眼帘，她的喜悦之情溢于言表，她看着他坐下又站起。悉达多啊，强壮的孩子，俊美的孩子，修长的双腿来回摆动，专程前来向母亲致以问候，他的言行举止，简直无懈可击。

每当悉达多走过城中街巷，婆罗门种姓的年轻女孩们一见到他，心中即刻涌生出爱意，瞧瞧，他那光洁漂亮的额头，如国王般炯炯有神的眼睛，没有一丝赘肉的臀部。

不过话说回来，比起她们这些女孩，悉达多的挚友、婆罗门之子哥文达，显然更加爱他。他爱悉达多的眼睛，爱他动人的声音，爱他走路时的步态，爱他无可挑剔的一颦一笑，爱他日常生活中的一言一行，最爱的当数他的精神——他高尚、火热的思想，他热忱的意志，他崇高的使命感。哥文达清楚：此人以后必定不会是普通的婆罗门，不会成为贪污腐化的祭祀官，不会成为神神道道的悭吝客，不会成为爱慕虚荣的空谈者，不会成为诡计多端的坏祭司，也不会成为芸芸众生间那头善良、愚蠢的绵羊。不会的，就连他自己——哥文达，也不想成为这样一个人，不想成为成千上万碌碌无为婆罗门当中的一员。他打算追随悉达多,追随自己挚爱的友人,追随这位灵光闪耀的妙才。有朝一日,当悉达多终于踏入那光芒四射的神界,终于列位于众神了,哥文达也要追随他,当他的朋友、他的伙伴、他的仆人、他持矛的护卫、他常伴身边的影子。

大家就是这么喜爱悉达多。大家享受着他所创造的快乐,大家因他的存在而欣喜。

可是他自己呢?悉达多自己呢?他却没能给自己创造出快乐,他也不因自身存在而欣喜。他漫步在无花果园的玫瑰色小径上,在小树林的淡蓝色树荫下久坐沉思,在每日进行的赎罪浴中清洗四肢,在绿荫深处的杧果林内参加献祭,他的言行举止完美得体,受到所有人喜爱,每个人都很快乐,唯独悉达多心中没有快乐。无尽的幻梦向他袭来,躁动的思绪自河水中涌出,在夜晚的星光中闪烁,在太阳的光芒下消融;无尽的幻梦向他袭来,躁动的灵魂在祭祀中蒸腾,自《梨俱吠陀》①的诗文中弥漫,自老婆罗门的谆谆教诲

---

① 原文为 *Rig-Veda*,即梵文 Ṛgveda,印度最古老的一部诗歌集,编订年代约为公元前十六世纪至公元前十一世纪,其内容包括神话传说、对自然现象和社会现象的描绘与解释,以及祭祀典仪等等。

中滴落。

长此以往,悉达多的内心开始滋生出不满。他开始意识到,父亲的爱,母亲的爱,也包括挚友哥文达的爱,并不能令他永葆快乐与满足,并不能满足他内心的真正需求。他开始怀疑,自己可敬的父亲,还有其他各位老师,这些无比聪明的婆罗门,已经向他传授了他们所拥有的大部分知识,已经将他们智慧的精华倾囊相授。是啊,他们已将他们所知晓的一切丰富内容,倾注到了悉达多这尊令人期待万分的容器里,可是,这尊容器还没有装满,悉达多的思想还没满足,他的灵魂仍未平静,他的心灵依旧不得安宁。圣洁河水中的一次次沐浴固然有益,但水始终就只是水而已,无法洗清罪孽,无法疗愈心灵的饥渴,无法缓解内心的苦楚。向众神祭祀和祈求固然美好——可是,难道这就意味着一切了吗?祭祀能带来幸福吗?众神的真相又是什么呢?创造世界的必是生主①吗?难道不是阿特曼?难道不是他这个独一无二的存在?难道不是这俱为一体的万物?难道众神不是被创造出来的形象,

---

① 原文为Prajapati,中文音译为波阇波提,古印度教的造物主,对应许多不同的神祇,譬如《摩奴法典》中即对应梵天。

就像我跟你一样,受制于时间,服膺于无常?既然如此,向众神献祭果真是好事吗?果真是不容置喙、意蕴深远、至高无上的行为吗?既然如此,除了向他——向独一无二的阿特曼献祭之外,还能向谁献祭?还能向谁顶礼膜拜?阿特曼身在何方?他居住在何地?他永恒的心脏在何处跳动?除了在自我的这个"我"之中,除了在每个人的内心最深处,除了在个体不灭的"我执"里,还能在哪里找到?然而,这个具体而微的"我"、这个藏于最深处的"我"、这个最终需要面对的"我",它又在哪里?它不是血肉与筋骨,不是思想,也不是意识:历史上最智慧的婆罗门就是这样教导我们的。既然如此,还能在哪里?究竟在哪里?要深入里面去,深入"我"的里面,到"我"的最深处,深入阿特曼的内部——除此之外,是否还有其他值得尝试的办法?哎呀呀,没有任何人可以为悉达多指明这条路,没有任何人知道这条路,父亲不知道,老师们不知道,圣人贤者不知道,就连无比神圣的祭祀颂歌也不知道!诚然,他们是知晓万事万物的,婆罗门和他们的圣书[①],的确知晓万事万物,他们关心万事万物,甚至都不止万事万物:世界的创始、语言的滥觞、餐食的起源、吸气的开端、呼气的缘起、感官的秩序、众神的伟绩——他们知道无穷无尽的事情——可是,假如一个人知晓一切,却独独不明白最重要的一件事:唯一重要的一件事。在这种情况下,知晓一切又有什么意义呢?

的确,圣书中的许多诗句,尤其是《娑摩吠陀》[②]奥义书[③]中的诗句,都提到了这种最内在、最终极的体验,与之对应的描绘可谓华美壮阔。比方说,其中写道:"你的精魂等同于整个世界。"除此之外,还提到人们在入睡后、在沉睡状态下,将进入自身最隐秘内敛的区域,深入阿特曼当中去。整体而言,这些诗句

---

[①] 此处指古印度教"四大吠陀经"《梨俱吠陀》《娑摩吠陀》《耶柔吠陀》《阿闼婆吠陀》,及相关的释经、补充文献,为古印度教的源头,雅利安人最早的文献。

[②] 原文为 Samaveda,即梵文 Sāmaveda,为"四大吠陀经"第二部,是由《梨俱吠陀》衍生而出的颂歌集,据《东方文化词典》记载,由1810颂组成,分为两卷。

[③] 主要指《由谁奥义书》,为《娑摩吠陀》对应的文献,成书于公元前五六世纪,为诗体。现存奥义书约有一百多种,性质上有些类似我国的《易经》,其中最重要的十余种,构成了印度哲学的基础。

中蕴藏着妙不可言的智慧，历史上最有智慧之人的所有知识，都汇集在这些神奇的文字里，纯净得宛似工蜂刚刚采集来的鲜蜜。别误会，自当下往前回溯，不知道多少世代的睿智婆罗门学者，在这些圣书中搜集、保存了大量知识，这些知识当然不容忽视——可是，那些不仅能够成功吸纳这些最深奥的知识，还能将其活学活用的婆罗门学者，如今身在何方？懂得这一切的祭司，如今身在何方？懂得这一切的圣人贤者或苦行僧们，如今身在何方？那些真正渊博的人，那些能够在一言一行、一颦一笑之间，轻而易举地将阿特曼自沉睡状态唤醒，融入日常生活，并且过得随性自在的人，如今身在何方？诚然，悉达多本人也认识许多值得尊敬的婆罗门，首屈一指的就是他父亲：一位思想纯粹、博学多才、最为可敬的婆罗门。悉达多的父亲的确配得上大家的景仰，他的言行平和、举止高尚，他的生活朴实无华，他讲出的每一句话都很睿智，他的脑袋里蕴藏着美好、崇高的思想——可是，纵使是他，懂得的东西如此之多的他，是否就能确保自己生活在幸福之中？是否在任何情况下都能做到安之若素？他岂不也只是一位寻道者，也只是个渴求之人吗？像他这样一个本就干渴难耐的人，莫非不需要通过祭祀、不需要借助书本、不需要经由与其他婆罗门的交流来反复啜饮圣泉水吗？像他这样一个本就无可指摘的人，莫非还要每天洗去一遍自身罪恶、每天努力净化自我、每天重新开始一切努力？莫非他的内里没有阿特曼、没有流淌在自我心灵深处的本源吗？必须找到它，找到自我的本源，必须拥有它！除此之外，其他一切都不过是浅尝辄止、避重就轻、舍本逐末罢了。

悉达多的想法便是如此，这些即为悉达多的渴求，亦为悉达多的苦楚。

他经常念诵《唱赞奥义书》①中的一句诗文②："诚然，梵③之名为萨蒂扬④——千真万确，凡知此奥妙者，每日皆入天国。"如此这般，天国似乎近在眼前，可他

---

① 原文为 *Chandogya*，为《娑摩吠陀》对应的文献，成书年代晚于《由谁奥义书》，约在公元一世纪之前，为诗体。因其内容对应歌咏祭司即所谓"歌者"（梵文 Gātri），故又名《歌者奥义书》。
② 出自《唱赞奥义书》第八章第三节4—5，黑塞对此处奥义书原文进行了缩写。
③ 原文为 Brahman，古印度教哲学术语，中文音译为梵览摩，意为"清净"，被视为创造力和一切的本源，超越语言与思维，是无比神圣的存在。
④ 原文为 Satyam，《唱赞奥义书》中专门对其三个音节进行了解释：sat 意为"不死的存在"，t (i) 意为"将要消失的"，yam 使人能够将二者一同把握——构成整体后意为"真"，即为"梵"的奥妙所在。

却从未真正进入过天国,也从未自这终极的渴望中获得过解脱。悉达多所熟知的、享受过教诲的全体智者圣贤当中,没有哪个能够真正进入天国,没有哪个能够完全摆脱永恒的干渴。

"哥文达啊,"悉达多对他的朋友说道,"哥文达,我亲爱的朋友,跟我一起到榕树底下去吧,我们要开始修炼冥想了。"

于是,他们两个来到榕树底下,坐了下来。悉达多坐这边,哥文达坐在离他二十步开外的位置。悉达多坐定,准备念诵"唵"。他喃喃自语,重复着如下的诗文:

> 唵为弓,精魂为利箭,
> 梵为利箭所瞄之目标,
> 持之以恒,射之必中。

通常约定的冥想时间结束之后,哥文达站了起来。傍晚已至,是时候在圣洁河水中进行晚间沐浴了。他呼唤着悉达多的名字。悉达多没有回应。悉达多仍然端坐在那里,沉浸在冥想状态中,双眼仿佛正注视着某个非常遥远的目标,舌尖从两排牙齿之间微微探出,全身上下纹丝不动,似乎已经没了呼吸。他就像这样端坐着,整个人完全沉浸在冥想中,全心全意地默念着"唵",他的精魂已化作利箭,射向了梵。

在当时,碰巧有几位沙门①途经悉达多居住的这座城镇:前往远方朝圣的苦行僧,三个形销骨立的男人,既不算老,也不年轻,肩膀上落满了灰尘,勒出了血痕,几乎赤身裸体,受烈日炙烤,皮肤晒得黝黑,被孤独感包围。眼前的俗世凡尘,对于他们而言无疑是陌生的,是敌对的。身在此地,他们是绝对的异类,是瘦骨嶙峋的豺狼。在他们身后,飘荡着一股炽热的芬芳,那是悄无声息的激情、自我毁灭的侍奉、毫无保留的牺牲所特有的气味。

当天傍晚,经过格外长久的冥想修炼,悉达多对哥文达说道:"明天一早,我的朋友,悉达多将与沙门同行,他将成为一个沙门。"

哥文达听了这番话语,脸色转眼变得煞白,他从朋友没有任何表情的脸上读出了决心,这决心恰如离弦之箭一般,已无回心转意的可能。哥文达只是看了

---

① 原文为Samanas,"沙门"为胡语音译,在印度泛指以宗教理由乞食为生的禁欲苦修者。

悉达多一眼，马上就意识到：现在一切都开始了，悉达多要开始走他自己的路了；此时此刻，悉达多的命运已开始萌生新芽，哥文达自己的命运，必定如影随形。想到这些，哥文达的脸上已变得全无血色，宛似一片风干的香蕉皮。

"噢，悉达多，"他喊道，"你父亲会允许你这么做吗？"

悉达多的目光转过去，像个刚睡醒的人。电光火石之间，他已读懂了哥文达此刻的想法，读出了恐惧，读出了顺从。

"噢，哥文达，"他轻声说道，"我们还是不要为此多费口舌了。明天黎明破晓时，我将正式开始沙门的生活。此事不必再议。"

悉达多进了屋，父亲就在屋内，坐在一张用根茎的韧皮纤维编织而成的垫子上。悉达多默然不语，走到父亲身后，站在那里，一动不动，直到父亲察觉到有人在后面，才开始跟他对话。这位婆罗门说："是你吗，悉达多？既然来了，那就开口吧，将你想讲的一切都讲出来吧。"

悉达多开口道："我的父亲啊，你允许我讲，那我就开口了。专程来这一趟，是想告诉你，明天一早，我打算离开你所统领的这个家族，跟几位苦行僧结伴同行。成为一名沙门，是我眼下的心愿。我的父亲，希望你不要反对。"

这位婆罗门听罢，一言不发，沉默了很长一段时间。直到小小窗口外逐渐浮现出星星，直到满天繁星开始缓缓变换自身所在的位置了，屋内的寂静也依旧持续着：儿子沉默不语，纹丝不动，双臂交叉着站在那里；父亲同样沉默不语，纹丝不动，坐在垫子上。万籁俱寂，万物宛似静止，唯有满天繁星在空中以极慢的速度移动着。又过了许久，父亲终于开口说道："身为婆罗门，本不该讲出任何过激、愤懑的话语。可是此刻，我心中满是不甘，这不甘令我动摇——从今以后，我不想再从你嘴里听到这个请求。"

这位婆罗门说罢，便缓缓站起身来。哪曾想到，悉达多依旧沉默不语，纹丝不动，双臂交叉着站在那里。

"你还在等什么？"父亲问道。

悉达多说："你明明知道。"

父亲带着这份不甘走了出去，带着这份不甘去了卧房，到自己床榻那儿躺下了。

过了一个牟呼栗多①,由于毫无睡意,这位婆罗门只好又站了起来,在卧房里来回踱步。走了几个来回之后,他干脆出了屋子,透过屋外的小小窗口往里看:只见悉达多还是站在原地,双臂交叉,纹丝不动,身上穿的那件浅色外袍,微微闪动着素雅的光芒。父亲见状,心中多少感到有些忐忑,惴惴不安地折返回了床榻。

转眼又过了一个牟呼,睡神始终不曾进入这位婆罗门的眼帘,他只好再次站起,再次在卧房里来回踱步,然后又出了屋子,走到屋前,看见月亮已经升起。他再次透过同一扇窗口往里看:只见悉达多还是站在原地,双臂交叉,纹丝不动,月光照亮了他裸露在外的小腿肚。父亲见状,心中倍感焦虑,再次惴惴不安地折返回了床榻。

再过一个牟呼,他又来看了一次;再过两个牟呼,他又来了:透过屋外的小小窗口,看见悉达多站在月

---

① 梵文 Muhūrta 的音译,古印度计时单位,简称"牟呼",每牟呼栗多等于四十八分钟,三十牟呼栗多为一昼夜。黑塞原文中使用的时间单位虽为"小时"(Stunde),但考虑到印度地理上绝大部分属于北回归线以南地区,以"小时"计算时间与文中昼夜长度描述不符,且本书历史背景不可能遵循苏美尔人历法的"小时"定义,故采用"牟呼"作为计时单位。

光下、站在星光中、站在黑暗里。牟呼一个接一个地过去,依旧是默然不语,依旧是望向屋内,见到的依旧是纹丝不动站在原地的悉达多。这位父亲,他的心中充满了愤懑,他的心中充满了不安,他的心中充满了惶恐、充满了悲伤。

黎明破晓前的最后一牟呼,崭新的一天即将开始,他再次起身,走进屋子里,注视着小伙子。悉达多还是站在原地,纹丝不动,但在父亲眼中却显得格外高大,仿佛是一位陌生人了。

"悉达多,"他开口道,"你还在等什么?"

"你明明知道。"

"你打算像这样一直站着,等到天亮,等到中午,再等到晚上吗?"

"我会继续站,继续等。"

"你会累的,悉达多。"

"我会累的。"

"你会睡着的,悉达多。"

"我不会睡着。"

"你会死的,悉达多。"

"我会死的。"

"你宁愿死掉,也不打算听从自己父亲的劝诫吗?"

"悉达多永远听从父亲的劝诫。"

"也就是说,你愿意放弃当沙门的目标了?"

"父亲怎么吩咐,悉达多就怎么做。"

这时,清晨的第一缕曙光洒进了屋子里。这位婆罗门发现悉达多的膝盖正在微微颤抖。不过,悉达多脸上却见不到哪怕一丝颤抖的痕迹,他的双眼正注视着远方。面对此情此景,父亲终于意识到,悉达多已不在自己身边,已不在这座故乡的城镇里,此时此刻,他已远远离开。

事已至此,父亲伸出手来,抚摩着悉达多的肩膀。

"你啊,"他开口道,"这就要遁入密林,当一个沙门了。假如你真的在密林里找到了至高无上的幸福,那就回来,将获得这种幸福的方法传授给我。假如你一无所获,感到无比失望,那就回来,我们还可以继续一起参加祭祀、供奉众神。趁现在还没离开,你赶紧去做一件事,去吻别你母亲,告诉她,你要去哪里。至于我嘛,时辰已到,我该到河边去进行今天的第一次圣洁沐浴了。"

说罢,他将伸出的手从儿子肩膀上移开,走了出去。悉达多本打算随父亲一起出去,但他站得实在太久,身体一个趔趄,歪向一边,挪不开步。尽管如此,他还是努力控制住身体，朝父亲鞠了一躬，然后又去了母亲那里，做了父亲吩咐他去做的事情。

天刚蒙蒙亮，悉达多已经开始迈开自己僵硬的双腿，缓缓离开这座仍未苏醒的城镇。城镇边缘的最后一间棚屋旁，一个早就蜷缩在那里的影子站了出来，加入了朝圣者们的行列——这个影子正是哥文达。

"你来了。"悉达多开了口，脸上露出了微笑。

"我来了。"哥文达回应道。

# 与沙门同行

当天傍晚,他们追上了那些苦行僧,追上了那几个骨瘦如柴的沙门,向他们表达了结伴同行的心愿,并且表示愿意服从他们的任何安排。于是,他们被接纳了,成了其中一员。

悉达多将自己的外袍送给了街上一位穷苦的婆罗门,全身上下只裹一条腰布①,肩披一张没有缝过的土色粗毯。他每天只吃一顿饭,而且从来不吃烹煮过的食物②。他斋戒满了十五天。他斋戒满了二十八天。他大腿和脸颊上的赘肉消失了。炽烈的梦想在他因消瘦而撑大的双眼里闪烁,瘦骨嶙峋的手指尖端长出了细长的指甲,下巴周围布满了干枯、蓬乱的胡须。遇到女性时,他的目光变得冰冷无情;路过城市、跟衣衫

---

① 原文为Schambinde,对应的是古印度教男子专用的早期Dhoti,即多蒂腰布,历史非常悠久,通常是一条四五米长的白色棉布,只在下身缠绕,视具体用途有着多种不同缠法。
② 印度教苦修传统中,有一些分支认为只吃生食有助于获取大自然的神力。

华贵的人们擦肩而过时，他的嘴角会轻蔑地抽搐一下。他沿途见到了许多：商人们做买卖，贵族外出狩猎，哀悼者为死者恸哭，妓女出卖肉体，医生为病人问诊，祭司确定播种的日子，恋人们你侬我侬，母亲哺育自己的孩子——可是，这一切都不值得他多看一眼，这一切都充斥着谎言，这一切都恶臭熏天，这一切都弥漫着谎言的腐败气味，这一切都刻意伪装成蕴意深远、幸福美好、高雅精致的模样，可是，这一切明明都在腐朽溃烂。世界尝起来皆是苦楚。痛苦实乃人生底色。

眼下摆在悉达多面前的是这样一个目标，唯一的一个目标：彻底放空，放空一切渴望，放空一切愿望，放空一切梦想，放空一切喜悦与哀愁。让自我完全消亡，不再存有任何与"我"相关的执念，在彻底放空的心中找到安宁，通过无意识的思考向奇迹敞开怀抱，这就是他的目标。当与"我"相关的一切都被战胜之后，当与"我"相关的一切湮灭殆尽之后，当心中的每一份欲望、每一份冲动皆已归入沉寂之后，深藏于一切背后的终极奥妙必将觉醒，那是剔除掉"我"的存在之后所留下来的最内在、最本质的东西，那是无与伦比的秘辛。

悉达多静默无声地站在烈日底下，阳光直射，皮肤灼痛，喉咙焦渴。他就这样一直站着，一直站到他无法再感觉到灼痛和焦渴。下雨的时候，他静默无声地站在雨中，头发上的水珠纷纷滴落到冰冷的肩膀上，滴落到冰冷的臀部和腿上——悉达多，这位意图忏悔过往一切之人，依旧纹丝不动地站在那里，直到肩膀和双腿无法再感觉到寒冷，直到它们彻底僵硬，直到它们平静下来。他静默无声地蹲坐在荆棘丛里，鲜血从灼痛的皮肤上滚落，脓水自溃烂的伤口处流出。悉达多，他保持了静止，保持这纹丝不动的姿态，直到不再有鲜血涌出，不再有任何刺痛感，全身上下不再如受火炙灼燎般煎熬。

悉达多坐直身体，盘腿端坐，学习如何节省气息，学习如何用极其微弱的起伏来进行一种气若游丝般的呼吸，学习如何完全屏住自己的气息。他学习的内容很多，自呼吸吐纳起步，继而学习如何稳住心跳，如何减少心脏跳动的次数，循序渐进，直到心跳次数变得极少，甚至接近停跳。

在年纪最大的那位沙门的指导下，悉达多开始努力修炼"无我"境界，专心练习冥想，依照自己新学来的、沙门这一群体多年来约定俗成的规则进行苦练。一只苍鹭刚好从竹林上空飞过——于是，悉达多就将苍鹭与他自己的灵魂融合，飞越丛林与高山。如此这般，悉达多本人就变成了苍鹭，跟苍鹭一样吃鱼，跟苍鹭一样挨饿，跟苍鹭一样鸣叫，跟苍鹭一样死去。一只死掉的胡狼①躺在沙岸上。悉达多的灵魂悄悄潜入到那具尸体之中，于是他自己就变成了那只死去的胡狼，直挺挺地躺在沙滩上，肿胀，发臭，腐烂，受鬣狗肢解，被秃鹫剥食，变成了骨架，化作了尘土，随风飘散到空旷的荒野里。再然后，悉达多的灵魂又折返回来了，他经历了死亡，体验过腐朽，零落成泥碾作尘，浅尝了阴郁绝望的轮回滋味。此刻，他就像一位埋伏的猎人，在重新涌起的焦渴中，等待着可以逃离轮回的豁口，等待着因果的终结，等待开启无悲无痛的永恒之境。他扼杀了自己的五感，扼杀了自身的回忆，他从"我"的执念中挣脱出来，化身为成千上万种各不相同的事物——化身为动物，化身为腐尸，化身为顽石，化身为朽木，化身为清水——悉达多发现，自己每次化身为其他事物之后，总能再次回归，恍似大梦初醒，在阳光或月光的照耀下，再度化身为

---

① 原文为Schakal，此处特指生活在印度的亚洲胡狼，又名金豺，体型较小，通常独自行动，但有时也会以二至五只的小群一同猎食。在古印度诗歌与寓言故事中，胡狼是经常出现的动物角色。

"我"。总是这样，在轮回中流连徜徉，感到焦渴，克服焦渴，然后再次感觉到全新的焦渴。

悉达多跟随这群沙门，学到了很多东西，学会了很多挣脱"我"之执念的方法，走上了很多条各不相同的超脱之路。比方说，通过痛苦——通过心甘情愿地承受并克服痛苦，心甘情愿地承受并克服饥饿、干渴与疲倦，他走上了超脱之路。再比方说，通过冥想——通过清空大脑中的一切想法，完全放弃思考，他同样走上了超脱之路。悉达多学会了上述两种方法，以及其他很多方法，成千上万次地走上超脱之路，成千上万次地挣脱"我"之执念，每次都在"非我"领域停留数个牟呼乃至数天之久。可是话说回来，尽管他通过这许多种方法暂时远离了"我"，看似走上了与以往截然不同的道路，但这些道路无论选择哪一条，走到最后，始终也还是会回到"我"。无论悉达多逃离"我"几百次、几千次，无论他是选择栖居在虚无之中，选择寄居在动物的身体里，还是选择藏身于顽石内部，到了最后，他都会再次回到阳光底下，再次感受到月光照耀、树荫遮蔽，再次沐浴在雨水之中，再次找到自己，再次成为"我"、成为悉达多，再次意识到被强行加诸己身的轮回痛苦——回归是不可避免的，回归的时刻无法挣脱。

在他身边生活着的哥文达,他的影子,跟他走着同样的路,经受着同样的历练。撇去履行沙门日常事务与修行时不得不开口的情况,他们两人之间几乎从不讲话。

有时候,他们两人会结伴穿过大大小小的村子,去为自己和他们的师父化缘。在一次前往化缘的途中,悉达多突然开口问道:"你是怎么想的,哥文达?你的想法如何?我们真的更进一步了吗?我们真的达到什么目标了吗?"

哥文达回应道:"我们学到了不少,而且还在继续学习新东西。悉达多啊,假以时日,你将成为一位伟大的沙门。沙门的每一样本事,你转眼就能学会,连那帮老沙门都对你钦佩不已。假以时日,你将在沙门当中封圣,噢,悉达多啊。"

悉达多说:"我可不这么认为,我的朋友。迄今为止,我在沙门那里学到的所有东西——那些东西,噢,哥文达啊,其实从别的地方还可以学得更快,过程也更加简单。比方说,到妓院扎堆的地方去,在任何一间小酒馆里都能轻易学会,我的朋友啊,到车夫①和掷骰子的赌徒们②中间去,我也都能学会,简直轻而易举。"

哥文达自嘲道:"悉达多在跟我开玩笑了。"他说:"身处于那些凄惨卑贱的人当中,你怎么可能学会沉思冥想?怎么可能学会屏息省气?怎么可能学会无视饥饿和痛苦?"

悉达多轻声回应了哥文达,那声音很轻,仿佛在自言自语:"沉思冥想究竟是什么?舍弃肉身究竟算什么?何谓禁食?何谓屏息省气?凡此种种,全是对自我的逃避,全是对自我所承受巨大痛苦的暂时挣脱,全是对自身生活之痛苦与虚无的短暂麻痹,仅此而已。

---

① 古印度虽然很早就驯服了马匹,但民间实际常用的却是牛车,这与印度教视牛为圣物并不矛盾。
② 原文为Würfelspielern,直译为"骰子游戏玩家"。古印度游戏Chaupar中就已经使用标准的四棱柱骰子,每个面上标记小点或数字来计数,刻有各种不同数值。

小酒馆里那些车夫,喝上几碗米酒①或者发酵椰奶②,也能获得同样的暂时挣脱、同样的短暂麻痹,根本没什么大不了的。喝醉之后,他就不再能感觉到自我,不再能感受到人生的痛苦。喝醉之后,他知道自己获得了短暂的麻痹,足可醉生梦死。他喝下几碗米酒,然后就开始沉睡,这恰恰跟悉达多和哥文达在长时间的修炼之后终于学会如何逃离肉体、如何走上超脱之路、如何沉浸在'非我'领域一样。不过如此而已,噢,哥文达啊。"

哥文达说:"噢,我的挚友啊,说是这样说,可你心里毕竟清楚,悉达多不是赶牛人,沙门从不当酒鬼。的确,酒鬼可能经常陷入某种晕晕沉沉的状态,从而短暂地逃避现实,精神上获得片刻休息。可是,当他从醉生梦死的世界醒来时,却总是会发现身边一切如旧,他本人并没有变得更聪明些,并没有积累任何知识,并没有抵达更高的层次。"

---

① 原文为Reiswein,该词语在德语中为亚洲谷物酿造酒的泛称。印度酿酒的历史悠久,《梨俱吠陀》中记载的第一位神祇苏摩即为酒神。
② 椰子在印度素来被视为一种神圣的植物,南部印度早在吠陀时代即已开始酿制发酵椰奶,除了日常饮用之外,亦作为冥想修炼时帮助入定的配方。

悉达多听罢，面带微笑地回应道："我不懂你讲的这些，毕竟我也从来没试过要去当一个酒鬼。不过我啊——作为悉达多的这个我——在修炼和冥想的过程中，从来都只能得到稍纵即逝的麻痹效果。区区这种程度而已，离真正的智慧、离真正意义上的救赎可真是要多远就有多远！仿佛我还怀在母亲腹中，还是个小婴孩似的。这就是我所了解的真相，噢，哥文达啊，这些我可是一清二楚。"

这件事过去之后，又有一次，悉达多跟哥文达一起离开丛林，到村子里去，为他们的沙门弟兄和老师化缘。走着走着，悉达多又开始说话了，他对哥文达说道："眼下我们的情况究竟如何呢？噢，哥文达啊，眼下我们真的走在正确的道路上了吗？我们离知识真的更近一步了吗？我们离救赎真的更近一步了吗？或者说，我们其实只是在原地踏步？——我们在原地踏步，却自以为能够挣脱轮回的约束？"

哥文达说："我们已经学到了很多，悉达多，可是与此同时，也还有很多要学。我们并没有原地踏步，我们一直在进步，拾级而上——看似在兜圈子，但这圈子其实是个螺旋。我们盘旋前进，脚步不停，已然登上了很多级台阶。"

悉达多回应道："既然如此，你不妨先回答一下这个问题——照你看来，我们当中年纪最大的老沙门，我们那位可敬的老师，今年大概多少岁？"

哥文达说："我们当中年纪最大的那位，恐怕有六十岁。"

悉达多说："六十岁，他年纪都这么大了，还没能证悟涅槃①。他转眼就会到七十岁，然后又到八十岁。至于你和我，我们也会活到跟他一样的年纪，我们还会继续修行，继续斋戒，继续冥想。可是，照此继续下去，我们都不可能证悟涅槃，他办不到，我们也办不到。噢，哥文达啊，照我看来，在全体沙门当中，恐怕没有任何人能够达到涅槃境界，一个都没有。诚然，我们通过这一切获得了慰藉，成功麻痹了自己，我们学会了各种欺骗自己的手段。但是，最核心、最本质的东西，方法中的方法，我们尚没有找到。"

"我说你啊，"哥文达回应道，"请别随口讲出如此耸人听闻的话语，悉达多！在这么多博闻强识的先生

---

① 原文为Nirwana，源于巴利文（佛陀时代摩揭陀国一带的大众语，据传佛陀就是用这种语言传授佛法的），早在佛陀出世之前，印度就已经存在该词语，指一种"不生不灭"的彻底觉悟、超越境界。当时沙门群体苦修的最大目标即为证悟涅槃，故有文中所说。

里面,在这么多位婆罗门里面,在这么多严于律己、可敬可颂的沙门里面,在这么多孜孜以求、砥砺前行、志存高远的弟兄里面,怎么可能没有任何人找得到你所谓'方法中的方法'呢?"

可是,悉达多却用一种既显悲伤又略带嘲讽的语调,用一种略微低沉、略微凄凉、略微戏谑的语调说道:"很快了,哥文达,你的挚友很快就会离开,离开这条跟你一起走了如此之久的沙门之路。长久以来,焦渴感始终折磨着我——噢,哥文达啊,在这条无比漫长的沙门之路上,我的焦渴感从来未曾减少过丝毫。长久以来,我都渴望获得知识,我的心中总是满怀着疑问。我年复一年地向那些婆罗门发问,年复一年地向那些无比神圣的《吠陀经》发问,年复一年地向那些无比虔诚的沙门发问。兴许存在着这样的一种可能性——噢,哥文达啊,兴许我去向犀鸟①或者黑猩猩②

---

① 犀鸟在古印度被尊为神鸟,印度北部诸邦当中,很多都会定期举办"犀鸟节",且基本上都是最重要的节日之一。节庆期间,人们通常会头戴华丽的羽毛头饰隆重庆祝,该传统已有数千年历史。
② 此处原文为Schimpansen,专指普通黑猩猩族群,但古印度实际上是没有野生黑猩猩存在的,这种生物的原产地局限在非洲中部。有一种说法认为,吠陀时期已有驯养黑猩猩传入印度,且在奥义书中有记载,黑塞正是在参阅了相关文献之后,才特意选择了这两种生物。

发问，得到的也会是同样的结果，同样受益良多，同样博闻强识，同样踏实见效。为了学习各种各样的东西，我已经花费了如此之长的时间，这漫长的学习，现在还望不到头！噢，哥文达啊，我算是明白了：其实根本就没什么要学的！照我看来，被我们称为'学习'的行为，它本身根本就不存在。真正普遍存在着的——噢，我的挚友哪，真正普遍存在着的唯有一项觉知，那就是阿特曼。可是，阿特曼无处不在，它早已存在于我、存在于你、存在于每一个生命之中。也正因此，我开始相信，阿特曼这项觉知最可怕的敌人，莫过于求知欲，莫过于学习。"

听完这段话，哥文达直接停在了路上，举起双手说道："拜托你，悉达多，请不要再用这类说法来吓唬你的挚友了！你刚刚讲出口的那些话，在我心中唤起了真真正正的恐惧感。试想想看，假如事实真跟你讲的一样，假如学习真的不存在，那么，在这种假设下，祈祷的神圣性何在？婆罗门的荣光何在？沙门群体的崇高圣洁，岂不是荡然无存？这怎么可能！噢，悉达多啊，在这种假设下，人世间一切神圣、珍贵、可敬的东西，会变成什么模样？！"

哥文达开始喃喃自语，自言自语地念诵起某部奥

义书里记载的一段诗句:

> 谁人整日沉思又冥想,
> 谁人坚守受净化之心,
> 谁人潜心钻研阿特曼,
> 长此以往,必获至福,
> 内心愉悦,出离语言。

但悉达多并没有回应什么,他只是沉默不语。此刻,他正在思考哥文达刚刚对他讲的那些话,反复咀嚼,不放过任何细节。

对啊,他低着头,站在那里,心里想着:假如事实真跟我所讲的一样,那么,对于我们两个而言,作为沙门时曾经无比神圣的一切,到头来还会剩下些什么?真正能够留下来的究竟是什么?什么能经得住时间的考验?他摇了摇头,没有答案。

又有一次——那是在这两个小伙子跟沙门群体一起生活、一同修行了大约三年之后——有这样一则消息、一段流言、一个传说,通过各种途径迂回曲折地传到了他们耳中：有一位大人物，一位名叫乔达摩①的高人，他是在世活佛，战胜了人间的诸多疾苦，凭借一己之力截断了轮回。乔达摩目前正在云游全国、四处讲学；所到之处，弟子们前呼后拥，围得水泄不通。乔达摩没有任何私人财产，居无定所，食不果腹，无妻无妾。虽然身穿苦行僧专属的黄色长袍，眉目间却并无凄苦之色，反而时刻显露出安详愉悦的神情，当真是位超凡脱俗之人。无论婆罗门还是王侯贵胄，都在他面前顶礼膜拜，心甘情愿地侍奉他，心甘情愿做他的弟子。

这个传说，这样的流言，这一系列逸事，以很快的速度四处传播，引起人们的广泛议论。大小城镇里，婆罗门对此津津乐道；这里那里的丛林里，沙门群体交头接耳。乔达摩——这位在世活佛的威名，一而再、再而三地传到这两个年轻小伙子的耳中：既有称颂，也有谩骂；既有赞美，也有抨击。

眼下这种情况，就好比某个国家暴发了瘟疫，生死存亡的关头，突然传来这样一则消息，说是出现了

---

① Gotama，历史上佛教创始人悉达多的姓氏，刹帝利种姓中的知名姓氏。

一位大人物，一个博古通今的智者，一名包治百病的神医，光是听他开口讲话，光是感受他吐纳的气息，就足以治愈受瘟疫折磨的随便哪位可怜人。这样一则消息，转眼传遍了全国，每个人都在议论它，许多人选择相信，也有许多人抱持怀疑态度，还有许多人干脆立即动身，前去寻找这位智者，前去寻找这个能够帮到他们的人。如此这般，上述传说——上述关于释迦族①在世活佛乔达摩的美丽传说，很快就流传到了这国家的每个角落。信徒们宣称，乔达摩拥有至高无上的智慧，他能够清楚记得自己的前世，已经成功证悟了涅槃，再也不会折返到轮回中受苦，再也不会像俗世凡人们那样，淹没在形形色色的浊流当中了。与乔达摩相关的奇闻逸事数不胜数，其中有许多无比辉煌的奇迹，也有许多不可思议的伟绩。信徒们说他战胜了魔鬼，能够跟众神直接对话。然而，他的敌人们——那些不信奉他的人却说，乔达摩这家伙，不过

---

① 原文为Sakya，即梵文Śākala，古印度重要种族，属刹帝利，约在公元前一千年出现在印度半岛，居于现今印度北方等边远地区。佛陀时代有一个由释迦族组成的小国，称为迦毗罗卫国，历史上的悉达多·乔达摩正是这个国家的太子，佛陀的称呼"释迦牟尼"即"释迦族的圣人"之意。

是个虚伪的骗子罢了，只知道过他那种毫无拘束的快活日子，轻视祭祀传统，没有真才实学，既不懂学习，也不擅修行。

在世活佛的传说，听来颇令人感觉愉悦振奋，神奇的魔力，逐渐从这些道听途说的消息中弥漫而出。世事原本多舛，生活总是艰辛——不过，瞧瞧看哪，眼下这里似乎有一泓清泉在涌动，似乎响起了一声信使的呼唤，充满了慰藉，柔和又温馨，满载着崇高的承诺。印度诸邦之间，无论身在何处，只要有在世活佛乔达摩的消息传来，年轻人都会洗耳恭听，心中都会有憧憬，都会感觉到希望的存在。不管在大城市里，还是在小镇和乡村，每位朝圣者、每个陌生来客——只要来者能带来关于他的消息，关于那位圣洁崇高的"释迦牟尼"的消息，都会受到婆罗门子弟的热烈欢迎。

哪怕是离群索居、久居丛林的沙门群体，哪怕是悉达多，哪怕是哥文达，也能察觉到关于乔达摩的各种传说正以极为缓慢的速度流传过来，一点一滴，逐步推进，时刻不停——每一滴都饱含着希望，每一滴都充斥着怀疑。他们彼此之间很少谈论这些，因为那位最年长的沙门很不喜欢这个传说。在他听来的故事里，乔达摩这个所谓的在世活佛，以前其实也是个苦行僧，跟他们一样离群索居，居住在丛林里。可是后来他变了，过上了安逸舒适、贪图享乐的生活，也正因此，他对跟这个乔达摩相关的一切都感到不以为然。

"噢，悉达多啊，"有一次，哥文达对他的挚友说道，"今天，我去到村子里，有位婆罗门邀请我到他家做客，他家刚好有个从摩揭陀①回来的婆罗门之子，亲眼见过那位在世活佛，谛听过在世活佛的教诲。实话实说，得知此事之后，我实在太激动了，甚至连呼吸时都能感到胸口在隐隐作痛，我当时心里想着：唯愿我啊——唯愿我们两个，悉达多跟我，也能亲历这一切，也能享有这样的时刻，也能谛听那位完人②口中给出的教诲！说说看啊，挚友，我们是不是也应该去一趟那里，谛听在世活佛的教诲？"

悉达多说："噢，哥文达啊，在此之前，我还以为

---

① 摩揭陀王国，佛陀时代印度四大国之一，疆域多半位于恒河南岸，即今印度北部比哈尔邦，国都初在王舍城（即今佛教与耆那教圣地拉杰吉尔丘陵区域），后迁至华氏城。佛陀一生中大半时间都在摩揭陀，生平事迹多半发生在王舍城与华氏城，故有文中所说。
② 原文为 Vollendeten，指已在德行方面臻于完美的形象。早在佛陀时代之前，印度已拥有成熟的"完人"概念，最典型的代表是黑天，其完人形象几乎满足了所有印度人的信仰需求。

哥文达会跟沙门永远在一起呢，我还以为哥文达的人生目标是活到六十岁，活到七十岁，持续不断地学习那些为沙门群体装点门面的技艺、持续不断地修炼下去呢。瞧瞧如今这一幕——谁曾想到，我对哥文达的了解还是太少了；谁曾想到，我对他内心真正的谋划居然知之甚少。我最尊贵的挚友啊，照此看来，你如今倒是又想要走一条新路，想要到在世活佛点拨世人的地方去碰碰运气了，难道不是吗？"

哥文达说："你既然这么喜欢讥讽人，那我干脆就放开来让你讥讽好了，悉达多！可是话说回来，难道你就没有因为这在世活佛的存在而唤醒自己内心深处的欲望吗？难道你就没有前去谛听他教诲的渴望吗？难道你不曾对我讲过这样一席话，说自己不打算再在沙门之路上走更长时间了吗？"

悉达多以他独有的方式放声大笑，然后他又开口了，语气中带有一丝悲伤、些许嘲弄，他说："挺好，哥文达，你讲得挺好，你记得也很对，我的确讲过这样一席话。但是，除了这段话之外，唯愿你还记得从我这里听来的另外一席话，那就是——我已经对无休无止的'教导'与'学习'产生了怀疑，感到厌倦，不胜其烦；与此同时，老师向我们口述的那些'真知灼见'，我对它们的信仰也日渐减少。反正……好吧，亲爱的挚友，我已经准备好了，准备前去谛听教诲了——尽管如此，我内心深处始终认为，我们其实早已品尝过从这些教诲中结出的硕果。"

哥文达说："你总算准备好了，这个答复可真令我感到欣慰。不过，你最后提到的那句话，能不能再细讲一下？你描述的那种情况怎么可能实现？乔达摩的教诲明明尚未亲口传达给我们，我们根本不知道即将谛听到的会是怎样的教诲，你却说我们早已品尝过其中结出的硕果，这怎么可能呢？"

悉达多说："噢，哥文达啊，别想太多，就让我们先好好享受眼前这枚硕果，再来耐心期盼其他吧！至少我们目前正享受着的这枚硕果，就应该完全归功于乔达摩，因为令我们最终决定离开沙门群体的恰恰是他！至于乔达摩是否还有其他更好的东西打算赐予我们——噢，我的挚友啊，且让我们耐心期盼着吧。"

就在两人发生上述对话的同一天，悉达多拜访了那位年纪最大的沙门，向他提出了自己打算离开沙门群体的决定。悉达多的辞别彬彬有礼，严守婆罗门晚辈和沙门学徒该有的礼仪与谦卑态度，对这位年长者是很尊重的。哪曾想到，老沙门却因为这两个年轻人要离开他而恼羞成怒，不仅故意抬高讲话时的声调，而且还"出口成脏"，讲了许多不堪入耳的粗鄙之词。

哥文达被老沙门突然显露出来的恶行给吓了一跳，颇感尴尬，一时之间竟不知如何是好。悉达多见状，将嘴凑到哥文达耳边，轻声对他说道："现在，我要向这位老先生展示一下，我还是从他那里学到了一些东西的。"

说罢，悉达多站到老沙门旁边，灵魂的力量集中于一处，炯炯目光对上老者的目光，向他施法，命他闭嘴收声，令他失去自我意识，要求他臣服于悉达多，依照悉达多的意志来行事，无论悉达多提出任何要求，他都必须逐一照办，不得有任何异议。如此这般，眼前这位老先生真的闭嘴了，不再发出任何声响——他的目光呆滞，意识涣散，双臂下垂，已经完全屈服于悉达多所施的魔法，毫无抵抗之力。接下来，悉达多开始用意念控制眼前的老沙门，让他必须完全遵照自己所下的命令行动。于是，老者向他们接连鞠了好几个躬，做了好些赐福的手势，结结巴巴地向他们致以远行的祝愿，保佑他们旅途顺利。这两个年轻人也鞠躬回礼，顺水推舟地表达了感激之情，他们向老沙门致谢，为他祈福，最后客客气气地离开了沙门群体的聚居地。

走在路上时,哥文达感叹道:"噢,悉达多啊,你从沙门那里学到的本事比我知道的还多。以施法的方式控制住一位老沙门无疑是很难的——非常难。说实话,假如你愿意继续留在那里,继续学习,应该很快就能掌握在水面上行走的本事①。"

"在水面上行走的本事,我也没那么想要。"悉达多说,"还是让那帮老沙门为这类本事自我陶醉去吧!"

---

① 根据吠陀时代流传至今的典籍记载,古印度教沙门苦修群体的代表神明湿婆懂得如何在水面上行走。遵循原始湿婆信仰的沙门坚信,水上行走是一门很高深的本事,唯有经过多年严格苦修才有可能习得,故有文中所说。

# 乔达摩

在舍卫城[①]，每个孩子都知道那位在世活佛的名字，每家每户都会提前备好食物，只等乔达摩的弟子——等那些始终保持沉默的化缘比丘[②]前来，好将他们的施舍钵[③]装满。乔达摩最喜欢的居所位于舍卫城

---

[①] 原文为 Savatthi，即梵文 Sravasti，为当时憍萨罗国首都，位于今印度北方邦北部、拉普底河南岸谢拉瓦斯蒂县，距离北方邦首府约150公里，城市遗址发现于1862年。佛陀时期，波斯匿王为该城城主，佛陀为法王，相传佛陀于舍卫城郊教化二十四雨季（即夏季），弟子众多。
[②] 原文为德语 Bittenden，直译为"男性乞食者"。"比丘"一词则为梵语 Bhiksu 音译，指年满二十、受过具足戒的男性出家人，Bhiksu 在梵语中即为"乞食者"之意，故有此译。
[③] 原文为 Almosenschale，其中 Almosen 为德语"施舍、布施"之意，又称应量器，为印度僧侣手托着用来承受施舍的法器，亦为信众盛饮食供奉于佛前的供养器具。"钵"为梵文 Pātra 的汉语音译，即"僧侣食器"之意。信众通常都会提前准备好食物，僧侣来化缘时，即将备好的食物放入僧侣手持的施舍钵中，故有文中所说。

郊，名为祇园精舍①，富有的当地商人阿那邠提②是在世活佛的忠实信徒，他将原本属于自己的这处居所作为礼物送给了乔达摩及其弟子。

两位年轻的苦行僧四处寻找乔达摩的居所，一路打听下来，所有的传闻与回应都指向了舍卫城所在的这一地区。当他们终于抵达舍卫城之后，马上就开始化缘。哪曾想到，才敲响第一户人家的房门，里面的住户就非常大方地给了他们食物，他们也欣然接受了。

---

① 原文为 Hain Jetavana，即梵文 Jetavana Anāthapiṇḍikārāma，知名佛教圣地，位于舍卫城城南门外五里。祇园精舍始建于乔达摩成佛后第六年，由"给孤独长者"须达多·阿那邠提与波斯匿王之子祇陀太子共同发愿修建。祇陀太子捐赠了修建精舍的用地，并将该地的全部树木一并赠予了佛陀，供修建该园。亦名"祇树给孤独园"，相传共有房屋三千六百间，楼阁五百栋，今已荒废。
② 原文为 Anathapindika，即梵文 Anāthapiṇḍada，汉文佛经里通译为阿那邠提尊者，舍卫城富商，乐善好施，时人亦称其为"给孤独长者"。为弘扬佛法，发愿在舍卫寻址出资修建精舍，供佛陀居住、教化使用。阿那邠提最终选定祇陀太子位于舍卫城郊的一处园林，但祇陀太子不肯出售，故意抬高价格，声称"买家必须用黄金铺满整座园子，不准有一点空隙"，打算让阿那邠提知难而退。怎料阿那邠提情愿散尽家财，用大象抬来全部黄金，真要铺满八十顷的园林。祇陀太子深受感动，不仅无偿捐赠园林，还将园林里的树木全部赠送。上述事迹记载于《贤愚因缘经》内，由北魏凉州僧人慧觉等翻译为汉语流传。本书中故事与经书记载略有出入。

悉达多随口询问那位给他们提供餐食的女士：

"善哉，你这位大善人哪，我们想打听打听，那位在世活佛——那位最受尊崇的人物，眼下身居何处？我们是两个沙门，自林间深处远道而来，希望能够见到他，见到那位完人，谛听他亲口给出的教诲。"

女士回应道："自林间深处远道而来的沙门哪，你们可真是来对地方了。你们可晓得？在祇园①……在阿那邠提的那座园子里，在世活佛就居住在那里。到了那里之后，你们——你们这两位朝圣者，也可以居住过夜，因为那里位置很大，有足够空间容纳自四面八方涌来谛听他教诲的人们，再多也住得下。"

听到这个回答，哥文达开心极了，满怀喜悦，放声大喊："太棒了，如此一来，我们此行的目的就达到了，我们漫长的旅途终于能够圆满结束！不过，还得请你告诉我们，请你这位朝圣者的救星告诉我们——你认识他吗？认识那位在世活佛吗？你亲眼见过

---

① 此处原文为Jetavana，直译为"祇树给孤独"，名称来源请参阅第42页注①。联系前后文，回答悉达多问题的女士考虑到"祇树给孤独园"这一名称对于外人而言恐怕难于理解，因此"园"字尚未出口即更换为更世俗的表述方式。本书因使用汉语典籍译名"祇园精舍"，故将Jetavana对应为"祇园"，特此说明。

他吗?"

女士说:"我见过他很多次,见过这位在世活佛很多次。不知道多少个日子里,我都能看到他,亲眼看着他身穿黄色长袍,保持沉默不语的状态,穿过大街小巷,一言不发地来到千家万户门前,举起自己的施舍钵,随后又端着盛满的钵子离去。"

哥文达听得如痴如醉,女士转眼说完,他却还想再问、再听,了解更多关于在世活佛的情况。但悉达多却及时提醒了他,说他们现在应该继续赶路。于是,两人道过谢就离开了。之后的路程几乎不需要再问路,因为已经有不少朝圣者、不少乔达摩弟子走在通往祇园精舍的路上了,一看即知。他们刚好是在入夜之后抵达祇园精舍的,在这样一个漂泊之人想方设法找地方留宿的时间点,不断有人来到这里,不断有人大呼小叫、交头接耳。最后,希望能够在此留宿的人们,全都得到了允许,顺顺当当地住了下来。早已习惯丛林生活的这两个沙门,转眼也在精舍里找到了栖身之所,过程悄无声息,安心睡到了天亮。

直到太阳升起之后,两人才发现,在精舍过夜的信徒,以及那些因为对此地满怀好奇之心而选择留宿的散客,其数量竟非常之多,多到超乎他们想象。放眼望去，到处都是身穿黄色长袍的比丘，无数的比丘，遍布在这占地巨大、景致优美的精舍里，走在这里的每一条蜿蜒小道上，坐在这里高高低低的大树下，或独自沉思，或彼此倾谈，进行思想上的交流。此时此刻，绿树成荫的大小园圃，看起来就跟一座城市几无二致，人们熙熙攘攘地聚集在这里，宛似蜂巢里聚集起来的蜜蜂。大部分比丘手里都拿着施舍钵，陆续朝着精舍外面走去——他们要到舍卫城里去化缘，张罗这一天里唯一的一顿正餐。就连早已成佛开悟的在世活佛本人，通常也会在早晨外出化缘。

悉达多看到了乔达摩，而且一眼就认出了他，就仿佛神明亲自伸手将他指给了悉达多似的。悉达多注视着乔达摩，这是个朴实无华、身穿黄色长袍的男人，一只手里托着施舍钵，非常安静地从悉达多他们面前走过。

"快瞧瞧这边！"悉达多轻声对哥文达说道，"这边的这位，就是在世活佛本人。"

哥文达马上开始仔细打量起面前这位身穿黄色长袍的比丘，乍一看去，他似乎跟周围成千上万名比丘差不多，找不出什么具体的区别。尽管如此，哥文达很快也确认了：这位的确是在世活佛本人。于是，他们就开始跟踪他，细细观察他。

在世活佛自顾自地朝前走着，沿着既定的道路，态度低调又谦卑，行走的同时仿佛陷入了沉思，木讷的脸上看不出一丝悲喜，可是细细端详起来，似乎又显露出些许含蓄、内敛的笑意。这位在世活佛，面带隐秘难辨的微笑，静谧平和的氛围萦绕在他周围，整个人带给旁观者的感觉，跟路上随处可见的朝气蓬勃的小孩子没什么区别；这位在世活佛，步态从容，长袍加身，每踏出一步，动作都跟追随他的比丘们一样，严格遵循修行的规矩。尽管如此，他所拥有的那副面容，他行走时的步态，他静静低垂的目光，他静静垂下的那一只手，乃至于他静静垂下的那只手上的每一根手指，都在倾诉着平和，诉说着完满，表达着某种无欲无求的状态，展示出某种绝不效仿追随的立场，都在某种永不磨灭的安宁、永不消逝的光华、神圣不可侵犯的和煦中轻柔地呼吸着。

乔达摩就像这样走着，步履不停，朝着舍卫城前进，不为其他，只为化缘。悉达多和哥文达这两个远道而来的沙门之所以能够认出乔达摩，知道他就是在世活佛，只因为乔达摩整个人所呈现出来的和煦安宁感觉已臻完美，举手投足之间都显露出无与伦比的肃穆与祥和,从他身上看不出任何对俗世凡尘的追求,看不出任何欲望,看不出任何对他者的模仿、任何艰苦与辛劳,看见的唯有光明与平和。

"今天,我们总算可以亲耳谛听他的教诲了。"哥文达说。

悉达多没有答话。实话实说,他对在世活佛的教诲并不怎么好奇,根本不相信这些教诲能够给自己带来什么新的启发,因为他跟哥文达一样,虽然没有亲耳谛听过这位在世活佛的教诲,但却早已从别人那里多次听说过这些教诲的具体内容,尽管已经是第二手或第三手的转述,至少也能了解个大概。此时此刻,他正专心打量着乔达摩的头部,端详他的双肩、双脚,还有他静静垂下的那只手,在悉达多眼中,那只手上每一根手指的每一个关节仿佛都在向外传播着真理,讲述着真理,呼吸着真理,散发出真理的芬芳,闪耀着真理的光芒。这个男人啊,这位在世活佛,全身上下无一处不真挚,甚至连手指尖的动作都显得无比真挚。没错,这个男人的确超凡入圣,悉达多对他感到无比崇敬、无限热爱——这种感觉之前还从未有过,在悉达多心里,没有任何一个人能够比得上他。

两人一路跟随在世活佛来到舍卫城边,但却没有跟随他进城，反而沉默无言地折返回了精舍，因为他们先前已决定好，要在这一日里斋戒禁食。一段时间过后，他们看到乔达摩回来了，看见他在弟子们的层层簇拥下，开始吃当天的正餐——他吃的东西极少，恐怕连一只鸟都喂不饱——再然后，他们看见乔达摩又重新回到了杧果林间，回到了绿荫深处。

傍晚时分，白日的热气逐渐消退，精舍里的一切都变得活跃起来，大家纷纷聚集到一起，开始谛听在世活佛的教诲。悉达多和哥文达总算亲耳听到了乔达摩开口讲话的声音，那声音自然也是完满的，和煦安宁，同样无懈可击，饱含了肃穆，满溢着祥和。这天晚上，乔达摩向众人传授了与人间苦难相关的教诲——苦难的起源，以及消除苦难的途径等等。他语调平静地宣讲着，看不出任何情绪上的波动，每一项内容都讲得清楚又明晰。众生皆苦，世上到处都是苦难，尽管如此，大家还是能够从无尽的苦难中找到救赎之法：凡与佛陀同行者，皆可得救赎。在世活佛用既温柔又坚定的声音向众人娓娓道来，讲述了四种主要的苦难①，

---

① 即佛教中所谓的"四苦"，指生、老、病、死之苦，参见《大乘义章》。

传授了八条获救的正道①。他很有耐心地走在普罗大众颇为熟悉的教学之路上：讲道理，举例子，再三重复，加深记忆。他的声音在听众上方回响，清亮而空寂，如一抹光芒，似一片星空。

当在世活佛的宣讲结束时——此时夜色已深——谛听过教诲的一些朝圣者便走上前去，请求加入此地的比丘群体，正式皈依为弟子。乔达摩对他们的请求表示欢迎，说道："善哉，诸位已听过我的宣讲，其中教诲已妥善传达，既然如此，那就加入进来吧，同在神圣正道上前行，给一切苦难寻个终结。"

看哪，此刻，就连哥文达——这个向来胆小又害羞的小伙子——竟也走上前去，开口说道："还有我，我也要皈依在世活佛，走上神圣正道。"并且当即请求他收自己为弟子，最后同样也被接受了。

紧接着，在世活佛就退下去休息了，哥文达转向悉达多，无比恳切地说道："悉达多啊，我本不该责备

---

① 佛教中的"八正道"，指最终获救的八种正确途径，最初是佛陀针对古印度婆罗门教、耆那教的苦行主义与六师的享乐主义提出的修行方法，即正见、正思惟、正语、正业、正命、正精进、正念、正定。通过不苦不乐的"八正道"进行修行，就能踏上成佛之路，即文中提到的"与佛陀同行"。

你什么。现在,我们两个都已谛听过在世活佛的教诲,亲耳聆听了他的宣讲。哥文达我啊,听过教诲之后,立即选择皈依。可是你呢,尊敬的挚友,难道你就不想走上这条救赎之路吗?难道你还要继续徘徊犹豫、继续等待下去?"

听到哥文达这一席话,悉达多犹如大梦初醒。他一言不发地注视着哥文达的脸,看了很长时间。随后,他用毫无讥讽之意的诚恳语气,轻声细语地说道:"哥文达,我的挚友,眼下你总算成功迈出了这一步,你已经选定了这条路。噢,哥文达啊,长久以来,你都是我的挚友,一直跟随着我,亦步亦趋,总是无法迈出独立的一步。今夜之前,我常常会想:假使没有我的存在,是否有朝一日,哥文达也能完全依照自身意愿,独立自主地朝前迈出一步呢?看哪,此刻,你也成为响当当的男子汉,你也独立自主地选择了想走的道路。噢,我的挚友啊,愿你能顺利走完这条路!愿你早日寻获救赎!"

哥文达啊,突然听到悉达多讲出这么一大段话,他竟然没能完全听懂那是什么意思。焦急之下,哥文达又带着不耐烦的语气,重复了一遍刚才的询问:"赶紧讲清楚啊,算我求你了,我亲爱的挚友!亲口讲给我听——事已至此,哪还有别的道路可选择——告诉我,你也一样,我博学多才的挚友,你也打算皈依这位无比崇高的活佛,难道不是吗?"

悉达多伸出一只手来,搭在哥文达的一侧肩膀上:"你没听明白我的临别祝福,噢,哥文达啊——既然如此,我就再重复一遍吧:愿你能顺利走完这条路!愿你早日寻获救赎!"

直到此刻,哥文达才意识到,挚友即将与自己分道扬镳,于是他开始抽泣起来。

"悉达多啊!"他不无埋怨地叫嚷着。

悉达多却始终保持着和蔼的态度,开口说道:"别忘了,哥文达,你现在已经皈依了那位在世活佛,已经隶属于跟随他修行的沙门①群体了!你现在已经抛下了故乡与父母,放弃了婆罗门出身和可继承的财产,抛弃了自我意志,背弃了自身友情。这一切恰是教诲的要求,这一切恰是在世活佛的命令,更何况你自己也情愿如此。明天——噢,哥文达啊,明天我就要离开你了。"

---

① 此处的"沙门"为泛指,是古印度婆罗门教之外其他宗教修行者的总称。悉达多与哥文达在丛林里的苦修群体可称为"沙门",跟随乔达摩的化缘比丘同样可称为"沙门"。

情同手足的挚友二人，又在林间漫步了许久，之后躺卧多时也未能成眠。哥文达一次又一次地催问挚友，希望他将一切问题解释个清楚明白：为什么不愿皈依乔达摩？为什么不肯接纳乔达摩的教诲？在那些亲耳谛听的教诲里，究竟发现了什么错误？然而，悉达多每次都拒绝回答，并且告诉他："你且知足吧，哥文达！在世活佛的教诲尽善尽美，我怎么可能认为其中存有差池？"

隔天一大清早，在世活佛的其中一名追随者——精舍里一位最年长的比丘——跑遍了整座精舍，将所有新皈依的弟子聚集起来，吩咐他们穿上黄色长袍，开始向他们传授最基本的佛法要义，以及与他们目前身份对应的义务与职责。讲课途中，哥文达又专门折返回来，再次拥抱了自己的竹马之交，随后便正式加入了沙弥①的行列。

悉达多于是独自一人在精舍内漫步徘徊，若有所思。

刚好这时候，乔达摩——在世活佛遇见了他。悉

---

① 原文为 Novizen，佛教中专指初入佛门、七岁以上二十岁以下、已受十戒但未受具足戒的男青年。

达多恭敬有礼地向在世活佛问好，两人目光相接，年轻人发现在世活佛的目光中充满了慈祥与静谧，干脆鼓起勇气，请求这位受众生景仰的尊者跟自己好好聊一聊。在世活佛默默点头，接受了他的请求。

悉达多说："就在昨天——噢，在世活佛啊，昨天我有幸旁听了你精妙绝伦的宣讲。我和我的挚友，我们两个自远方赶来，就是专程为谛听你教诲而来。眼下我的挚友已决定留在你身边，他已经正式皈依了你。至于我嘛，我即将重新开启自己的朝圣之旅。"

"如你所愿。"尊者彬彬有礼地回应道。

"我的想法或许太过鲁莽，"悉达多接着说道，"话虽如此，在开诚布公地将想法告诉活佛之前，我也不打算就此别过。所以，受众生景仰的尊者啊，能再听我多讲片刻吗？"

在世活佛默默点头，答应了悉达多的请求。

悉达多说："噢，至尊至圣的在世活佛啊，你之前的宣讲当中，有一点是最令我感到钦佩的：你所给出的教诲，其中的一切内容都非常清晰、具体，因果关系严整，理论当中的每个环节都得到了充分印证；一根能够实现完美闭环的链条：一根绝对不可能断开、任何一个环节都不可能断开的链条——世界被你比作一根由一环扣一环的起因与结果锻铸而成的永恒链条,展示给大家过目。在此之前,这一切还从未如此清晰过,从未如此无可辩驳、洞若观火;无论哪位婆罗门,一旦谛听过你的教诲,自然而然地就会将世界视作一个完美无瑕的整体,浑然天成,不存在一丝缝隙,犹如水晶般清晰,不依赖于偶然,不寄托于神明,如此这般,他身体里那颗心脏必将搏动得更加真挚。大千世界,究竟是好是坏?尘世浮生,究竟是悲是喜?眼下恐怕尚且没有答案,留置于此,仍待解惑;更何况答案本身或许并不重要——尽管如此,整个世界的和谐统一,万事万物之间的共同联系,乃至各种或伟大或渺小的事物本身,都被同一源流、同一因果法则、同一生灭规律约束,将之完全囊括其中:这些道理都在你的伟大教诲中解释得一清二楚,仿佛闪动着烁烁光辉——噢,仅从这一点来看,你可真是位名副其实的完人。可是,从另一角度来审视,同样还是依照你的教诲,整个世界的这种和谐统一、万事万物之间的这种共同联系,却在某个看似无足轻重的小环节上被打破了。在链条的这个小环节上,某种外来之物,某种全新的存在,某种以前完全没有、无法展示也无从证明的东西,通过这处小小的缺口涌入了和谐统一的世界：不是别的，正是你的教诲本身，正是你那套关于如何克服世界上的重重苦难、如何获得最终救赎的理论本身。不管你这一整套永恒且统一的普适法则乍听起来有多么完美，哪怕它几乎已经到了天衣无缝的地步，可是，就只有这一处小得不能再小的缺口，就只有这一丁点儿可忽略不计的破绽，你的一整套法则瞬间就支离破碎、不堪使用了。恕我冒昧，提出了这样一种明确反对你的意见。"

乔达摩自始至终都在安静地听悉达多陈述自己的想法，连动都不曾动弹一下。眼看悉达多讲完了，这位完人才用亲切和蔼、彬彬有礼又非常清晰的声音回应道："你已用心听过教诲，噢，婆罗门之子啊，听过教诲之后，你能如此深入地对其加以审视、加以思考，这种方式对你而言，无疑是极好的。你发现了其中的一处缺口、一个错误。唯愿你能以此为基础，进行更加深入、全面的思考。但是，你这求知若渴之人啊，在求知的过程中，千万要提高警惕，不要被层出不穷的观点蒙蔽了真知，不要囿于言语之辩而陷入无谓的争吵。实际上，观点本身无足轻重，各种各样的观点摆在眼前，或瑰丽，或丑陋，或睿智，或愚妄，任何人都可以加以认同或者拒绝接受。尽管如此，你从我这里听来的教诲却并非观点,宣讲的目的也并非向求知若渴之人解释世界运转的规律。其目的或许与你所认为的有所不同——其目的仅仅是为了将谛听者从苦难中解救出来。这就是乔达摩的教诲,除此以外,再无其他。"

"噢,在世活佛,请你不要生我的气。"这年轻人又开口道,"我之所以对你讲出那样一番话,并非试图跟你争辩些什么,并没有执着于言语之辩的打算。你讲得挺对,观点本身无足轻重,我对此也很认同。尽管如此,我也还是要开口,还要再向你申明我想法中的这样一个观点:我一刻也没有怀疑过你,我一刻也没有怀疑过你就是在世活佛。实话实说,你已抵达了目的地,达成了至高无上的目标——自古以来,成千上万的婆罗门,成千上万的婆罗门之子,都在朝着这个目标努力,却始终不得门而入。可是,你已克服了死亡之苦,找到了对应的救赎之道。这条道路是借由你本人的探索,依照你本人所选择的方式,通过思考、通过冥想、通过知识、通过领悟,才最终呈现在你面前的;这条道路并非通过教诲而来!照此看来——噢,在世活佛啊,我的想法就是这样——任何人都不可能通过谛听教诲获得救赎!噢,受众生景仰的在世活佛啊，你无法仅凭基于言语的宣讲、无法仅用口述的教诲来告诉任何人，在你开悟成佛的那一刻，究竟发生了什么！诚然，开悟成佛之后的尊者啊，你的教诲的确囊括了许多内容，足以教导普罗大众如何去过一种时刻行走在正道上的生活，避免行差踏错。哪曾想到，如此清晰、如此可敬的一系列教诲当中，竟无法囊括这样一项内容：无法囊括在世活佛本人亲身体验过的开悟玄机。纵使有千万人走在这条道路上，截至目前，能够真正成佛的却只有他，只有这唯一的一个。以上就是我在谛听你教诲时的所思所悟，以上就是我打算离开此地、继续云游的原因——并不是为了去寻求另一套更好的教诲，因为我很清楚，更好的教诲并不存在；而是为了彻底抛开一切教诲、一切师尊，独自抵达仅属于我本人的目的地，纵使抵达不了，也要为了实现这一目标而奉献此生。不过话说回来，无论时间过去多久，我都会时常回想起这一天的——噢，在世活佛啊，无论时间过去多久，我都会时常回想起自己亲眼见到你这个超凡入圣之人的时刻。"

在世活佛的双眼静若止水，凝望着地面。此时此刻，他高深莫测的脸上悄然浮现出完美无瑕的静谧。

"唯愿你的想法——"尊者一字一顿地开口说道，

"不会有什么差池！唯愿你的追求，最终能实现目标！对了，既然已经聊了这么多，倒不妨开诚布公地跟我讲讲：你已经见过追随我的沙门，见过我的许多弟兄，他们人数众多，全都皈依到了我的门下，对吧？既然如此，我现在就要问问你的看法，萍水相逢的沙门啊，你觉得这样如何——从今往后，让他们彻底远离我的教诲，不再听我的宣讲，而是重新回到世俗人生中去，回到充满欲望的生活中去。你认为像这样的一种安排，对他们而言是否反而更好些呢？"

"让我对此等大事谈看法，可真是强人所难啊。"悉达多嚷嚷道，"我只能说，唯愿他们都能恪守你的教诲，唯愿他们都能实现自己的目标！无论如何，我都无权评判他人的生活。唯有针对我自己时——唯有面对我这形单影只的个体生命时，我才不得不评判，不得不取舍，不得不拒绝。噢，在世活佛啊，你也知道，挣脱'我'之执念，正是我们这些在林间深处修炼的沙门群体努力追求的首要目标。假如我皈依了你，成为你的一名弟子——噢，受众生景仰的尊者啊，如此假设之下，我难免会感到忧心害怕，忧心对'我'之执念的安抚只是浮于表面，害怕自己只是欺骗性地获得了安宁与救赎。可是事实上，'我'之执念依旧存在，甚至还会发展壮大，变得更加顽固，因为在这种假设下，我已不再形单影只——我将拥有教诲，拥有自己的追随者，拥有我对你的爱。在我内心深处，整个比丘群体都将拓展为'我'之执念！"

此刻，乔达摩的脸上浮现出一抹浅笑，带着不容置喙的亲切与友善，他目不转睛地注视着眼前这位陌生来客的双眼。半晌过后，在世活佛做了个旁人几乎看不出来的手势，向悉达多道别。

"你可真聪明，噢，沙门啊。"尊者说，"你是懂得如何用十分巧妙的方式跟人对话的，相当聪明，我的朋友，以后请务必小心，以免聪明反被聪明误！"

说完这句话之后，在世活佛就走了，他最后的表情，还有那一抹浅笑，永远留在了悉达多的记忆里。

在此之前，我还从来未曾见过有哪个人会像他那样注视别人，像他那样浅笑，像他那样端坐，用他那样的步态来走路呢。悉达多心想，此刻，我心中如此真切地期盼着，期盼自己以后也能像他那样注视别人，像他那样浅笑，像他那样端坐，用他那样的步态来走路；期盼自己以后也能像他那样——如此自由，如此可敬，如此深刻，如此坦诚，如此充满童真又满怀神秘！唯有真正深入自我的人，唯有真正抵达自己内心最深处的人,才可能拥有像他那样的表情和步态。好吧,我也要设法进入自己的内心最深处。

我总算见到了这样的一个人。悉达多心想,自出生以来,唯有他一个,在他面前,我不得不颔首低眉。从今以后,在其他任何人面前,我都不会再颔首低眉了,任何人都不可能让我这样做。既然连这个人的教诲都没能成功吸引我,以后自然也不可能再有其他任何教诲能够做到。

这位在世活佛,他对我进行了劫掠。悉达多心想,他对我进行了劫掠,可是与此同时,他又送给了我更多。他夺走了我的挚友,夺走了那个原来相信我、现在却相信他的人,夺走了那个曾经是我的影子、现在却成了乔达摩影子的人。可是与此同时,他却将悉达多送给了我,将我自己送给了我。

## 觉醒

当悉达多离开在世活佛这位完人,离开哥文达所在的这座精舍时,他的心中涌起了这样一种感受:自己过去的人生仿佛也完全留在了身后的精舍里,与之分道扬镳,彻底别过了。悉达多走得很慢,一边行走,一边思考眼下这种完全淹没了自己内心的感受。他陷入了沉思,仿佛正在蹚过一片极深的水域,干脆让自己完全沉底,沉到这种感觉的最深处,沉到其本源所藏匿的那个位置。因为在他看来,思考就是为了寻觅本源,唯有通过这种方式,感受才能升华为真知,才不至于在感受中沉湎、迷失——唯有如此,才能紧紧抓住本质,并且使其开始散发出内在光华。

悉达多慢慢朝前走着、思考着。忽然之间,他意识到自己已经不再是少年郎,而是男子汉了。他意识到某样东西已脱离了自己,就像一条游蛇蜕去了自己身上的老皮。此刻,某样东西已不在他身上了,而且还是陪伴了他整个少年时代、长久以来一直伴随着他的东西:那是一种渴望,渴望拥有自己的老师,渴望谛听来自师尊的教诲。此刻,他已挥别了人生漫漫长路上现身在自己面前的最后一位老师,纵使这位老师已经是人世间最高明、最睿智的师尊,已经是超凡入圣的在世活佛本人,悉达多也不得不同他分道扬镳,无法继续接受他的教诲了。

这位思考者,他行走的速度越来越慢,一边走,一边向自己发问:"你究竟想从各种各样的教诲、从为数众多的老师们那里学到些什么呢?他们的确教会了你很多,但他们无法教给你的东西究竟是什么呢?"通过思考,他自认为已经找到了答案:"自我——我真正想要搞清楚的,始终还是'我'的意义与本质。长久以来,我想挣脱的就是'我',我想战胜的还是'我'。可我却始终无法战胜它,充其量也只能欺骗它、逃避它、躲开它。实话实说,世间万物之中,尚且没有哪个能够跟我的这个'我'一样,如此彻底地占据我的思考:我活着,独一无二,与周遭一切隔绝开来,与其他所有人都不同,我就是悉达多!我对世间任何事物的了解,都比不上我对我自己、对悉达多这个人的了解!"

本就走得很慢的思考者,被这突如其来的念头触动,不由得停下了脚步,完全陷入到了对这个念头的思考之中。哪曾想到,转眼又从这个念头里蹦出了另外一个念头，一个之前从来不曾有过的崭新念头，那就是："我对自己一无所知，'悉达多'对我而言是如此陌生、几近未知。不仅如此，我还知道，这一切都源自唯一的一个原因：我害怕我自己，我在逃避自己！我不停找寻阿特曼，不停找寻梵。我宁愿切开这个'我'，宁愿将它完全剖解开来，以便在其尚不为人所知的最深处，找到一切外在部分的最根本核心——阿特曼，找到生命的奥妙，找到神迹的行踪，找到万事万物的终结。哪曾想到，寻觅过程中，不仅没有取得任何进展，连我自己都迷失了。"

悉达多睁开眼睛，环顾四周，脸上浮现出笑容，某种从漫长梦境中苏醒过来的深切觉知，此刻已传遍他全身，一路流淌至脚趾尖。于是，他立刻迈开步子，又开始走了起来，走得很快，诚如一个目标明确、已经知道自己该去做些什么的人。

"噢，"他深深地舒了一口气，心里想着，"从现在开始，我不会再让悉达多轻易溜走！我的思考、我的生活，不会再以阿特曼和世间的苦难为着眼点。我不会再为了探究表象废墟之下的秘密而屠戮、肢解自己。

我不会再接受《耶柔吠陀》①的教导，《阿闼婆吠陀》②的教导也一样，苦行僧的那套东西也一样，任何现有的体系都不可能再约束我了。我要由自己来启迪自己，我要当个懵懂学童，当我自己的弟子，我要认识我自己，洞悉这个悉达多的秘密。"

主意已定，他环顾四周，仿佛第一次亲眼见到这个世界似的。可真是绚烂美丽哪，这世界！可真是多姿多彩哪，这世界！可真是诡谲奇异、真是变幻莫测哪，这世界！此处是蓝色的，此处则是黄色，此处又有绿色。流云飞舞，溪涧河川，奔流不息，林木深邃，高山幽旷，各擅胜场，一切都无比美丽，一切都无比神秘、无比神奇！身处于这一切之中，他——悉达多，这个正在逐渐觉醒的人，亦走在通往自我的道路上。所有这一切，所有这些黄色与蓝色，这溪涧河川，这深邃林木，第一次透过双眼，真正进入了悉达多心里。

---

① 原文为 *Yoga-Veda*，即梵文 *Yajurveda*，为"四大吠陀经"第三部，"耶柔"意为祭祀，该典籍为祭祀相关祝祷咒文、仪式规程及各种对应注解内容的总集。
② 原文为 *Atharva-Veda*，即梵文 *Athārvaveda*，为"四大吠陀经"第四部，巫术、咒语总集，"阿闼婆"可能为传授该典籍的婆罗门家族的名字。至此，书中已列举出全部"四大吠陀经"。

不再是魔波旬①的奇术，不再是玛耶女神的面纱②，不再是表象世界随意铺陈、叠加出来的多样性，没有任何实际意义可言——这一切对于悉达多这个不断进行独立思考、已然进入觉醒状态的婆罗门来讲，无疑是可鄙的，他蔑视纷繁复杂的多样性，追求返璞归真、内外合一的统一性。蓝色就是蓝色，溪涧河川就是溪涧河川，哪怕在悉达多眼中，蓝色与溪涧河川之中其实也匿藏着统一性、匿藏着神性，这一切也仍旧应该归入神性所辖的范畴，仍然具有与之相呼应的特征与意义。此处为黄色，此处又是蓝色，那边流云飞舞，那边是深邃林木，还有此处——此处则是悉达多本人。意义与本质并非匿藏在事物背后的某个地方，而是存在于事物之中，存在于万事万物之中。

"我可真是太麻木、太愚钝了！"步履不停、匆匆前行的悉达多心想，"设想这样一种情况，某人读到了

---

① 原文为Mara，印度教中的魔王，又称魔罗。魔波旬常现身于修行者身边，用奇术制造各种幻象，企图扰乱他们的修炼，故有文中所说。
② "玛耶"原文为Maya，印度教中的幻象女神。此处黑塞"玛耶女神的面纱"之说法呼应叔本华名作《作为意志和表象的世界》。叔本华曾将奥义书的核心思想与意志的普遍现象联系起来，试图揭开"玛耶女神的面纱"，即刺破表象的藩篱，直达真相与本质。

某本小书，其内容恰好是此人朝思暮想、几欲探求的。在这种情况下，此人当然不会去蔑视书中那些符号与文字，怒斥它们全是欺瞒与巧合，全是浪费笔墨，全是毫无价值可言的空谈。恰恰相反，此人一定会逐字逐句地认真阅读这本小书，刻苦钻研其中的奥妙之处，对其表现出无限热爱。类比到我自己身上：我想要阅读的是世界这本书，以及我自身的本质这本书。哪曾想到，为了追寻某个先入为主、虚无缥缈的所谓'真义'，我竟选择轻视书中的符号与文字，妄称表象的世界为欺瞒，妄称我自己亲眼所见、亲身所感的一切为巧合，将之视为毫无价值可言的幻象。不再是了——这种状况已成为过去，我已觉醒，千真万确，时至今日，这觉醒之日，我才刚刚降生于世！"

正当悉达多想着这些时，他突然再次停下了脚步，就仿佛有一条游蛇盘桓在他眼前的道路上似的。

这次之所以停下，是因为他在这一瞬间也顿悟了这样一项事实：他啊，的确就跟觉醒之人，或者说刚刚降生的新生儿一样，必须重新开始过自己的人生，完全从头开始。这天早晨，当他离开祇园精舍——离开那位在世活佛的精舍时，他的觉醒其实已经开始了，他已经走在通往自我的道路上了。历经多年苦修之后，他本应尽快返回家乡，回到父亲身边。这是他的本意，对于离开精舍时的他而言，可谓理所当然、不言而喻。可是现在，直到这一刻，直到悉达多突然停下脚步、仿佛有条游蛇盘桓在自己眼前道路上的这一刻，他才突然醒悟到："既然我已不再是原来的我，不再是苦行僧，不再是沙门，也不再是婆罗门了。既然如此，我现在返回家乡，回到家里，回到父亲身边去，又该做些什么呢？努力钻研学问吗？还是跟其他婆罗门一样，参与到祭祀活动中去？或者坚持沉思冥想，继续刻苦修行？好吧，事到如今，这一切皆已成往事，这一切都不再盘亘在我的道路上了。"

悉达多伫立在原地，全身上下一动不动。霎时间，他的心脏似乎凝固了，一呼一吸之间，心脏仿佛已彻底冻结，不再跳动。他能够感觉得到，那颗心脏在自己胸腔内部冻成一团，犹如一只小动物：一只小鸟，或是一只小兔——当他发现自己此刻是多么孤独时，他的感受就是如此。多年以来，他一直都过着漂泊四方的修行生活，对家乡不管不问，从未感觉到孤独，可现在他却感受到了。在此之前，哪怕在最恣意妄为、最不着边际的冥想中，他也始终是自己父亲的儿子，是婆罗门，地位崇高，是个有身份的体面人。可是现在呢，他就只是悉达多，是觉醒之人，除此之外，再无其他。他深深地吸了口气，一瞬之间，感觉自己全身上下没有哪一处不寒冷，孑然一身，不由得颤抖不停。天底下恐怕再没有哪个人像他这样孤独了——没有哪个贵族不属于贵族，没有哪个工匠不属于工匠，他们之中没有哪个人不在各自所属的群体里找寻认同感，分享各自的生活经验，讲他们该讲的语言。没有哪个婆罗门不属于婆罗门，不跟其他婆罗门生活在一起；没有哪个苦行僧不在沙门群体中寻求庇护。就连在丛林最隐蔽处生活、几乎从不跟外界打交道的隐居者，也并非孤身一人，因为隐居者同样也被归属感包围，同样隶属于一个群体，这个群体就是他的家。哥文达成了比丘，成千上万的比丘都是他的兄弟，穿着同样的长袍，有着同样的信仰，讲着同样的语言。可是他呢，悉达多，他又属于哪里？他与谁过着同样的生活？他跟谁讲着同样的语言？

　　自这一瞬之间开始，世界迅速从悉达多身边消融、消逝。他孤苦无依地站在那里，仿似一颗孤星高悬于天顶。自这一瞬之间开始，悉达多已从短暂的严寒与绝望中挣脱了出来，犹如浮出了水面一般，相比较于过去，转眼就拥有了更多的"我"，自身的整个存在也变得更加致密、坚实。他清楚地意识到：此刻的这次颤抖，就是觉醒的最后一次颤抖，就是降生于世过程中的最后一次痉挛。于是，他又立刻大跨步地走了起来，急不可待地快步行走，不再回家，不再回到父亲身边，一路向前，一路无归。

(第一部完)[①]

---

[①] 本书创作始于1919年，第一部第一章完成后中断了一段时间。第一部共四章，完成于1920年，之后又中断了较长时间。1920年9月，黑塞拜访了身在日本的表弟威廉·贡德尔特，二人共同进行了与佛教典籍相关的深入探讨。有研究认为，黑塞之所以将本书第二部致献给威廉，主要是因为威廉将北宋圆悟克勤禅师的《碧岩录》翻译成了德语，此书为禅宗最具代表性的公案评唱集，给黑塞创作本书提供了很大帮助。第二部共八章，直到1922年才完成。

# 第二部

致献我身在日本的表弟——威廉·贾德尔特[①]

---

[①] Wilhelm Gundert (1880—1971),1906 年以传教士身份前往日本,辗转多个城市,以教书为生,兼研究东亚语言学、文学与佛教典籍。先后居住于东京、熊本、水户等市,1936 年回德,任教于汉堡大学。

# 迦摩罗[①]

如今，悉达多在自己的道路上每走一步，都能学到新的东西，因为世界已焕然一新，他的心亦为之沉醉。他看见太阳自林木遍布的群山间升起，又在远方棕榈沙滩的尽头处落下。他看见夜空中的繁星排列井然有序，新月如一叶小舟，遨游在辽阔湛蓝之间。他看见林木、星辰、生灵、云朵、彩虹、岩石、香草、鲜花、河川与溪涧，一大早的灌木丛里有晨露在闪动。他看见远方的高山，颜色是蔚蓝与苍白。他听见鸟儿歌唱，蜜蜂飞舞，风吹过稻田，一抹银光掠过。所有这一切，呈现出千百种姿态，变化无穷，色彩纷呈，而且长久以来皆是如此——太阳和月亮永远照耀，河川与溪涧永远流淌，蜜蜂的翅膀永远在嗡嗡鸣响。可是，对于过去的悉达多而言，所有这一切，在他眼前只不过是虚无缥缈、转瞬即逝的幻象面纱罢了，必定

---

[①] Kamala，印度常见人名，意为"红莲"，始见于《梨俱吠陀》，为印度教幸福与财富女神吉祥天的别名之一。

要带着怀疑的目光去审视，必定将被深刻的思想刺透并摧毁，因为这一切并非本质，因为本质并不存在于可见的此岸，它只会出现在超越现象的彼岸。但如今情况已发生了变化，纵使目光依旧停留在此岸，他那双因觉醒而解放了的眼睛却能真正看清并辨认出一切真实可见的事物，能够无比笃定地在这世界上搜寻家乡，而非以彼岸为目标来搜寻本质。当我们以这样一种方式去看这世界时，当我们不再刻意搜寻，而是以返璞归真的目光来观察时，当我们怀着童真之心、简简单单地去体验时，我们就会发现，这世界竟如此美丽——美丽的是那月亮与星辰，美丽的是那溪涧与河岸，是林木与山岩，是山羊和金龟子，是花卉与蝴蝶。在这世界上信步漫游，如此饱含了童真，如此洋溢着清醒，如此与周遭坦诚相待，如此信任且不设防，自然是既美好又可爱的事情。阳光晒在头顶，那灼热的感觉跟过去大不一样；躲在树荫下乘凉，凉爽的程度也跟过去有所不同；啜饮河川跟池塘里的水，水的滋味跟过去完全两样；就连南瓜和香蕉的味道，也跟过去感觉迥异。如今的白天颇显短暂，夜晚同样也很短，每个牟呼都过得飞快，好似大海上鼓起的风帆，风帆下方是一艘满载珍宝与快乐的小船。悉达多看见一大群猴子在由无数林木树梢构筑而成的拱顶上徘徊，看见它们站在高高的枝头上，聆听它们的吼叫声，那是无比狂野、充满原始欲念的歌谣。悉达多看见一只公羊在追逐一只母羊，并且与这只母羊交配。傍晚时分，他看见芦苇荡中有一大群狗鱼[①]，因为饥饿而四处追逐捕食——这些年轻力壮的鱼儿，在他面前显得惊惶无比，以极快的速度奔游，成群结队地跃出水面，扑腾扭动，体表闪闪发光。这些迅猛的捕猎者，奋力击打出一个个飞速转动的水漩涡，散发出力量与激情所特有的气息。

所有这一切，长久以来皆是如此，可他以前却没能看见；因为他心不在此。如今他的心已经放到这里了，他属于这里。他的眼中流淌着浮光与掠影，他的心中掩映出星辰与皓月。

---

[①] 原文为Hecht，是在德国全域很常见的可食用淡水鱼。黑塞本人擅长钓鱼，对鱼类品种十分熟悉，《在轮下》中曾用大量篇幅详述钓鱼相关内容。狗鱼本身在北半球淡水中有着广泛分布，其体形硕大，牙齿锋利，喜欢在水温低的江河缓流处与水草丛生的沿岸地带活动，捕食其他鱼类，这与文中出现在芦苇荡的行为描述是相符的。查阅相关文献资料，舍卫城所在的今尼泊尔拉布提河流域，虽然纬度较低，但属于北部高山寒带，尼泊尔淡水鱼资源丰富，在数千年前有狗鱼出没，亦属合理。

前路漫漫，悉达多想到的还不止这些，他也想起了自己在祇园精舍所经历的一切，想起了他在那里谛听过的教诲，想起了那位超凡入圣的佛陀，想起了自己与哥文达的分离，想起了自己离开之前跟在世活佛的对谈——自己对尊者讲过的那些话，每个字都记得清清楚楚。悉达多无比惊讶地发现，自己当时竟然讲出了一些脑袋里面根本就没有意识到的内容，那些话语是脱口而出的，在讲出口之前，他还从未想到过。他讲给乔达摩听的内容：自我的存在，成佛的经验，真正宝贵、真正秘不可宣的并非口授的教诲，而是乔达摩在顿悟成佛时亲身体验到的玄机，是那些不可言说之物，是那些无从传授之物——这一切正是悉达多现在打算去体验的东西，也是他逐渐开始体验到的东西。因为他现在必须去体验的不是别的，正是自我。悉达多其实早就知道，他的自我就是阿特曼，阿特曼跟梵一样，拥有永恒的本质。尽管如此，他却从来不曾真正找到过那个所谓的"我"，因为在此之前，他一直试图用思想之网去俘获它。可是，假如肉身不是"我"，感官所表述出来的也不是"我"，遵循这一前提，思想所构筑出来的当然也不是"我"。要想从经过仔细思考的东西里得出真正的结论，并且还要从中推导出崭新的想法，理智是不可能办到的，从他人那里学来的聪慧伶俐办不到，从他人那里学来的百般技艺同样办不到。不可能就是不可能，因为归根到底，这个所谓的"思想世界"仍旧位于此岸，而非彼岸。假设有这样一个人，他费尽千辛万苦，好不容易扼杀掉了感官所表述出来的随心所欲之"我"，扼杀掉了这方面的偶然性，却因此而纵容了那个醉心于他人思想、醉心于学来的知识与技艺的"我"，让这个"我"发展壮大，最终同样不可能达到任何既定的认知目标。无论思想还是感官，都是美好的东西，两者背后都潜藏着真义，两者都值得聆听，两者都值得琢磨，既不能轻视，也不可高估，无论选择哪一方，都可能听到内心深处的隐秘声音，可谓殊途同归。具体到悉达多身上体现为，眼下他已不再焦渴，已经不会再产生主动去寻求任何东西的念头，只愿意去寻求这声音嘱咐他去寻求的东西，也不会再有停下脚步的念头，只愿意在这声音提议他停步的地方停留。遥想当年，乔达摩顿悟成佛之时，在那个最重要的时刻，为什么是坐在

"菩树"①下？彼时彼刻，他听到了一个声音，一个发自他本人内心的声音，那声音给出提议，要求他在那棵树下歇息，他没有选择苦修、祭祀、沐浴或祈祷，没有选择吃点什么，没有选择喝些什么，没有选择入睡或做梦，他所做的唯一事情，就是听从了那个声音。当时发生的事情就是如此，只是服从而已，不是服从外来的命令，而是服从内心的声音，毫无保留地服从，没有任何顾虑，仅此而已。唯有这样才是对的，唯有这样才是必须的，除此之外，其他一切都无关紧要。

当天夜里，悉达多睡在河边一位摆渡人的茅草屋里，做了一个梦：哥文达穿着黄色的苦行僧长袍，站在了他的面前。哥文达看起来很悲伤，无比难过地向悉达多发问道：你为什么要离开我？接下来，悉达多拥抱了哥文达，他伸出双臂，紧紧环抱住哥文达，将他整个人摁在自己胸口，不停亲吻他。这时哥文达不再是哥文达了，而是一个女人，从这女人的长袍里，

---

① 原文为 Bo-Baume，Bo 为梵文 Bodhi 的简写，Baume 是德语"树"之意。依照佛陀故事，当年悉达多经六年修行，坐在一棵毕钵罗树下顿悟成佛，Bodhi 意为"觉悟"，因此之后人们敬称毕钵罗树为菩提树。中文"菩提树"一词为梵文 Bodhidruma 音义合译，梵文 Bruma 意为"树"，故此处合译为"菩树"。

露出一侧丰满的乳房。于是，悉达多就将脸贴到乳房上，开始畅饮乳汁。那一侧乳房涌出的乳汁，味道甜美且浓烈，其中既有女人的味道，也有男人的味道；既有太阳的味道，也有丛林的味道；既有动物的味道，也有花朵的味道；既有世间每一种果实的味道，也有世间每一种欲望的味道。那乳汁令悉达多沉醉，令他烂醉如泥。当悉达多醒来时，苍白的河水透过茅草屋的小门，闪动着粼粼波光，林间深处传来猫头鹰低沉且悠扬的一声鸣唱。

天亮了，悉达多请求那位留他过夜的东道主，请求那位摆渡人带他过河。就这样，摆渡人用竹筏送他过了河，宽阔的河面在晨曦中泛动着微红的光影。

"这可真是条美丽的河啊。"他对带自己过河的摆渡人说道。

"对的，"摆渡人说，"一条很美丽的河，我爱它胜过一切。我常常聆听它的声音，常常凝望它的眼眸，我总是能够从它身上学到很多东西：一条河能让人学到很多东西。"

"我感谢你，我的恩人。"悉达多一边道谢，一边踏上了彼岸，"我没有礼物可以送你，亲爱的摆渡人，我这里既没有酬劳，也没有奖赏。我是个流浪者，一个婆罗门之子,一个沙门。"

"你眼下的情况,我看得很清楚。"摆渡人说,"我不指望得到你的酬劳,也不想要你的礼物。来日方长,下次相遇时,你再送我礼物吧。"

"你认为会这样吗?我们还能再见?"悉达多饶有兴致地问道。

"当然,我们必定还能再见。就连这个道理,我也是向这条河学到的:一切都会回来!也包括你,沙门,你也会回来。好吧,再见了!愿你我友谊久存,以此作为我带你渡河的酬劳,愿你在祭拜众神时能够想起我。"

就这样,他们两个微笑着道了别。悉达多为摆渡人招待自己时的亲切友好感到开心,为收获了摆渡人的这份友谊感到高兴。"跟哥文达一样啊,他这个人。"悉达多心里想着,脸上浮现出笑意,"我在这趟旅途中遇见的每一个人,都跟哥文达一样。每个人都谦卑礼让、心怀感激,哪怕他们明明付出了很多,理应得到回报,理应受到感谢。每个人都低眉顺眼,将自己摆得很低,每个人都热衷于交朋友,乐于服从,很少思考。可真是一群小孩子啊,他们这些人。"

中午时分,悉达多路过一处村子。村里的孩子们正在巷子里玩耍，在土屋前打闹，在泥地里打滚，玩着各种各样的游戏——他们的玩具是南瓜子，是捡来的贝壳。孩子们本来一直在喊叫着、嬉戏着，玩得十分开心，忘乎所以，可他们一见到这个陌生的沙门，就都表现得很羞怯，转眼就跑开了。悉达多走啊走啊，一直走到村子尽头，看到朝远方延伸的道路穿过了一条小溪，溪边跪着一位年轻女子，正在忙着洗衣服。悉达多开口向她问好，于是她抬起头来，脸上浮现出笑容，目光落在了他的身上。悉达多与她目光交汇，发现她那双眼眸里的白色部分熠熠生辉，十分漂亮。他依照长途跋涉的旅行者们通常会使用的打招呼方式，首先向她致礼，喊出一段常用的祝福话语，然后才开口询问，问她去最近的大城市还有多远。于是她站了起来，走到他的身边，湿润的小嘴在她年轻的脸庞上闪烁着美丽动人的光芒。哪曾想到，她竟然跟他开起了玩笑，先问他是否已经吃过东西，又说自己听别人讲过，说沙门晚上都是独自一人睡在林间深处，身边不允许有任何女人陪伴，这个传闻是不是真的。她一边有一搭没一搭地讲着话，一边悄无声息地将自己的左脚伸出来，轻贴在悉达多的右脚背上，做出了一个颇为挑逗的动作，就跟女人主动邀请男人享受爱欲快感时所使用的那种姿势一样,爱欲教科书①里称这种姿势为"爬树式"②。悉达多感到浑身上下热血沸腾、燥热难耐,面对此情此景,他又回忆起了先前做过的那个梦。于是,他顺势朝那女子倾斜了身体,微微弯下腰去,用嘴唇亲吻了她褐色的乳尖。然后,他保持着这个姿势,昂起头来,看到她脸上浮现出充满渴望的微笑,双眼眯起,欲求自两道缝隙之间不断涌出。

悉达多也感觉到了自身的欲求,感觉到了性爱之泉的涌动;可是,由于他此前还从未接触过女人,面对眼前这一幕,他还是犹豫了片刻——尽管如此,他的双手也已准备就绪,打算马上就将她揽入怀中。哪曾想到,刚好这时候,悉达多突然听见了内心发出的声音,令他大惊失色。那声音讲得很清楚:不行。如此这般,情欲的全部魔力,瞬间就从那年轻女子的笑脸上褪去了。等他再看一眼时,看到的就只有一头发情母兽的湿润眼眸,再无任何情欲上的瓜葛。于是,他友好亲切地抚摸了一下她的脸颊,随即转过身去,

---

① 此处实际上是在暗指《爱经》,为古印度一部以经书形式写成的性爱经典著作,但因为《爱经》的成书时间晚于历史上的佛陀时期,所以黑塞就以"爱欲教科书"来指称。
② 《爱经》中收录的八种挑逗姿势之一。

迈着轻盈的步子,消失在了竹林里,消失在了这个倍感失望的年轻女子面前。

还是在这一天,傍晚来临之前,悉达多总算来到了一座大城市。他对此感到无比开心,因为如今的他渴望跟人们相处,渴望身边能够有人陪伴。他在丛林里生活了很长一段时间,远离人烟。先前的那个晚上,他睡在摆渡人的茅草屋里,留宿了一整夜——那是他长久以来第一次在屋顶下过夜。

城郊,在一大片围着篱墙的美丽园林①旁,这位浪迹天涯之人偶遇了一大群提着大大小小篮子的男仆和女佣。众人前呼后拥,中间是一顶四人抬的大轿,装饰精美华丽,大轿正中的红色坐垫上端坐着一名女子,女子头顶上方是五彩缤纷的华盖,用以遮阳。她显然就是这大队人马的女主人。悉达多在这片供贵人游玩取乐的园林入口处停下了脚步,目送这支浩浩荡荡的队伍从自己面前走过。他看见了男仆,看见了女佣,看见了数不清的篮子,看见了大轿,也看见了大轿里

---

① 古印度时期,园林以庙宇和庭院为主,运用花卉、树木、水池等元素打造出充满生机的环境,表达贵族和富豪对大自然的崇敬及赞美。这一时期的园林多建于城郊,如第42页脚注中提到的祇陀太子园林。

面那位夫人。夫人秀发乌黑,发髻如云。他再看头发下方,是一副极为靓丽、极其精致、颇显聪慧的面容,鲜红娇嫩的小嘴,好似半只新鲜切开的无花果的剖面,两侧眉毛修得整整齐齐,细细描画为高耸的拱形,明媚又深邃的一对眼眸,透露出精明,透露出机敏。光洁、细长的脖子,自绿色与金色交织的华丽上衣顶部缓缓探出,白皙的双手纤细而修长,手腕部分套着宽宽的金镯子。

悉达多见她如此美丽,不由得心花怒放。大轿抬近了,来到了他的身边。于是,他先是深深地鞠了一躬,随后又很快直起身来,目不转睛地凝望那张靓丽可爱的脸,与那双大睁的聪慧眼眸对视了一小会儿,闻到了一缕他之前从来不曾体验过的芬芳香气。那美丽的女子微笑着朝他点了点头,转眼就消失在了园林深处,仆人们紧随其后,鱼贯而入。

"真没想到,我竟然是以这样一种方式来到这座大城市的。"悉达多心想,"竟然邂逅了一位如此可爱的佳人,作为抵达此地的标志。"此刻,他被她给深深吸引住了,恨不得马上跟着这支队伍进到园林里去,可他并没有真的这样做,反而细细琢磨了一下,这才意识到,那些男仆和女佣,在入口处看他的眼神,是多么轻蔑、多么怀疑、多么不屑一顾。

"瞧我这模样,始终还是个沙门。"他心想,"就跟以前一样,是苦行僧,是乞食者。就凭这副模样,本就不宜在此地久留,也不配踏进这园子半步。"想着想着,他竟笑了。

他向沿着同一条路走来的人打听这处园林的具体情况,以及大轿中这位夫人的名字。对方告诉他,这是迦摩罗的私家园林,迦摩罗是城中名妓,除了位于城郊的这处园林之外,她在城里还有另一处寓所。

打听完这些之后,悉达多就进入了这座城市——他现在有了一个目标。

为了追寻目标,他彻底融入了这座城市,在街巷上四处游走,跟随来来往往的人群,宛似水中浮萍,随波逐流;他在大大小小的广场上兀自伫立,在河边宽宽窄窄的石级上歇息。傍晚时分,他结识了一位在墙垣拱门阴影下工作的理发师助手。起初,悉达多只是偶然在拱门下碰见他而已,并没有怎么在意。哪曾想到,过了不久,他又在另一处地方遇见了这位助手:毗湿奴神庙——助手正在神庙里虔诚祈祷。于是,悉达多主动跟他打了招呼,并且给他讲了毗湿奴与吉祥天之间发生的故事①。这天晚上,悉达多在河边停靠的小船旁将就了一宿。次日清晨,在第一批顾客过来光顾理发铺之前,他先一步抵达,请那位理发师助手帮自己剃了胡子,仔细修剪了头发,精心梳理好,再用护发精油涂抹打理妥当。做完这一切之后,他又到河里去洗了澡,将自己整个人都收拾得干干净净的。

下午晚些时候,当美丽的迦摩罗再一次坐着大轿走进那片园林时,悉达多早已恭候在入口处了。他彬彬有礼,向迦摩罗鞠躬致敬,这位名妓也客客气气地向他回礼致谢。大队人马跟昨日一样鱼贯而入,进到园林深处。悉达多向走在队伍最后面的那位仆人招了招手,托他向女主人通报一声,告诉她,有位年轻的婆罗门想跟她谈一谈。过了一会儿,仆人折返回来了,请这位久候的客人随他一道进到园子里去。他默不作声地将悉达多领到一间凉亭里。迦摩罗侧躺在里面的一张卧榻上,吩咐仆人退下,让悉达多单独跟她待在

---

① 此处同样是在铺陈暗线。在印度神话中,毗湿奴是地位最高的神,与湿婆二分神界权力。另一方面,如前所述,"迦摩罗"名字对应了女神吉祥天。在"搅拌乳海"传说中,毗湿奴用计取得了不死甘露,并且娶了自乳海中诞生的吉祥天为妻,这与本书中悉达多追求迦摩罗是呼应的,因为根据《薄伽梵往世书》记载,佛陀悉达多正是毗湿奴的第九大化身。

一起。

"昨天你不是已经站在外面向我问过好了吗？难道那个不是你吗？"迦摩罗开口问道。

"没错，我昨天已经见过你了，还跟你打了招呼。"

"可你昨天不是还蓄着胡子，披头散发，头发上沾满了灰尘吗？"

"你观察得很细致，将一切都看得清楚明白。昨天你已见过悉达多，他是婆罗门之子，挥别自己的家乡，成为一名沙门，转眼已满三年。不过今时今日，我已离开了那条沙门之路，来到了这座城市里。大概是由于机缘巧合，进城之前，我遇到的第一个人，恰恰是你。噢，迦摩罗啊！请你听好了，以下这些，就是我这趟专程来见你的目的，就是我此刻想要对你讲的话语：你是悉达多敢于正视的第一个女人！面对你时，悉达多没有低下头去，没有选择回避——你是所有女人当中的第一个！从今以后，当我再次邂逅美丽女子时，我的目光亦不会再闪躲了。"

迦摩罗听罢，脸上浮现出一抹微笑。她一边把玩自己手里那柄孔雀羽扇子，一边发问道："悉达多啊，你费尽辛劳，专程来见我，就只是为了告诉我这些？"

"一方面是为了告诉你这些，另一方面，也是为了向你致谢,感谢你长得如此美丽。假如你不嫌弃的话,迦摩罗,我想请你做我的朋友——请你做我的老师,因为我对艺术一无所知,你却是这方面的大师。"

迦摩罗听罢,不由得大笑起来。

"像这样的事情,此前还从来没有发生过呢——这位朋友,在此之前,还从来没有哪个丛林里跑出来的沙门过来找我,要向我求学,还要拜我做老师!我还从来不曾见过有哪个蓄着长发、全身上下只裹一条破烂腰布的沙门专程来找我!的确,有好多年轻人来找过我,其中也不乏婆罗门之子,但他们每个人身上都穿着华美的衣服,脚上踏着做工精致的鞋子,头发上有好闻的香气,口袋里装满了钱,无一例外。所以说啊,你这个沙门,你可要搞清楚,来找我的年轻人可都是这样的。"

悉达多却说:"实际上,我已经开始跟着你学习了。甚至包括昨天,我才见到你不久,这条求学之路就已拉开了序幕。现在我已经剃掉了胡子,打理了长发,还在头发上抹了精油!你这高高在上的大人物啊,我要告诉你,对于如今的我而言——相较于你的要求而言,我几乎不缺什么了。按你所讲的:华美的衣服和做工精致的鞋子,口袋里要装满钱——也就只缺这几样而已。你恐怕有所不知，悉达多曾经承担过极为艰巨的使命，比这些微不足道的琐碎要求困难得多。尽管如此，悉达多还是完成了使命，取得了成功。试想想看，那么困难的使命都办到了，我怎么可能半途而废，放弃实现我昨天暗自定下的目标呢？我的目标就是：想方设法成为你的朋友，向你学习爱情的欢愉！你将会看到，我学起东西来是多么轻而易举、一点就通。迦摩罗啊，我曾经学过的东西，比你将要教我的要难得多。情况就是这样，我们不妨有话直说：此时此刻，你眼前的这个悉达多，他的这副模样，头发上已经抹好了精油，但却没穿衣服，脚上没鞋子，身上没有钱——这样的一个悉达多，难道就不能为你所接受？这样的一个悉达多，对你而言难道还不够?"

迦摩罗大笑出声，放声高喊："不够的，你这活宝，对我还不够。跟我打交道的人，首先必须得穿衣服，还得是漂亮衣服，要穿鞋，漂亮的鞋，口袋里的钱要有很多，除了这些之外，还得给迦摩罗送礼物。话说到这个地步，你懂了吗？<u>丛林里跑出来的沙门</u>，你记住了吗?"

"我记住了。"悉达多回喊道，"从你这张嘴里讲出来的话，我怎么可能记不住！迦摩罗啊，你这张嘴，好似半只新鲜剖开的无花果。我的嘴也很不错,嘴唇红润又细嫩,跟你的正好相配,过不多久,你就会发现我说得挺对。——不过话说回来,美丽的迦摩罗啊,请你告诉我,你真的一点也不害怕面前这个自丛林里专程跑来、信誓旦旦地说要向你学习爱情的沙门吗?"

"你倒不妨说说看,我为什么要怕一个沙门?更何况他还是个自丛林里跑来的蠢沙门,是个曾经跟豺狼为伍、压根不知女人为何物的傻沙门?"

"噢,这个沙门啊,他的身体强而有力,他的心灵无所畏惧。他可能会直接对你出手,他会强迫你,美丽的女孩啊,他大可以直接将你掳走。他可能会伤害你,令你痛不欲生。"

"不会这样的,沙门,你说的这些,我一点也不怕。试想想看,在这世界上有哪个沙门或者婆罗门,会害怕有人过来强迫他,夺走他的满腹经纶、他的虔诚信仰、他的深刻思想?根本不可能发生这样的事,因为这些统统都是他所独有的,他享有完全的支配权。就算他真的要将这些送给别人,也只可能将他想送的部分拿出来,根据他本人的意愿,送给他希望赠予的人。对于沙门或者婆罗门而言,情况就是如此,可谓不言自明。对于迦摩罗,情况同样如此——迦摩罗同样对爱情的欢愉享有完全的支配权。迦摩罗的嘴娇美可爱、粉红细嫩，这是没错的，可谁要是胆敢造次，违背迦摩罗的意愿，强行亲吻这嘴唇——就算你亲到了，也绝对不会从这嘴里尝到哪怕一点一滴的甜美滋味！绝对不会有它本该给予的那么多！悉达多，你刚才说，你学起东西来轻而易举、一点就通，那你不妨也学学这个道理：爱情可以求来，可以买来，可以由别人亲手送来，可以从街上捡来，但却不可以直接抢来。至少在这件事上，你完全找错了方法。不应该啊，像你这样一个英俊的小伙子，本不该如此行事。求爱的方式竟如此荒唐，实在太令人感到遗憾了。"

悉达多不气不恼，微笑着朝迦摩罗鞠了一躬，表示了感谢。"确实太遗憾了，迦摩罗，你讲得太对了！假如事情真是如此发展，的确无比可惜、无可挽回。但那是不可能的，你这嘴唇的甜美滋味，我连一点一滴都不会失去！不仅如此，我还要向你保证——你也不会失去我的嘴，不会失去你应得的那份甜美！很好，我们就这样说定了，悉达多会回来的，等他找齐了目前还缺少的东西之后，马上就会回来。嗯，缺少的是这三样：衣服、鞋子、钱财。不过话说回来，可爱的迦摩罗啊，你难道就不能额外再给我一点小小的提示吗?"

"一点小提示?哈,何乐而不为呢?面对这样一个从豺狼虎豹之地远道而来、可怜又无知的丛林小沙门时,谁不愿意给出一点小提示呢?"

"亲爱的迦摩罗啊,既然如此,那就请你直接告诉我吧——我到底应该到哪里去,才可以尽可能迅速地找到这三样东西?"

"朋友,你所提出的这个问题,很多人都想直接知道答案。你必须去做那些自己很擅长做的事情,凭本事弄到钱财,还有衣服,以及鞋子。假如不这样,没钱的人是不可能变得有钱的。你擅长做什么呢?"

"我擅长思考。我懂得等待。我经常斋戒禁食。"

"除此之外,再无其他?"

"再无其他。噢,也不尽然,我还会创作诗歌。你愿意用一个吻来换我创作的一首诗吗?"

"假如我喜欢你创作出来的这首诗,自然愿意交换。那么,诗在哪儿呢?"

悉达多沉思片刻,当着迦摩罗的面,创作出了以下诗句:

美丽的迦摩罗进入她那绿树成荫的园林,

园林入口处伫立的是那棕褐色皮肤的沙门。
当沙门见到眼前盛开的莲花时,深深地
朝她鞠了一躬,迦摩罗微笑着致谢回礼。
相较于向众神献祭,小伙子此时心想,
向美丽的迦摩罗献祭,恐怕要舒心得多。

迦摩罗抬起双手,大声鼓掌,她鼓掌的声音是如此响亮,手腕上宽宽的金镯子相互碰撞,发出清脆动听的鸣响。

"你创作出来的诗句可真美,棕褐色皮肤的沙门啊,实话实说,就凭这首诗,为你献上一个吻,我绝对不会有任何损失。"

说罢,她使了个眼神,示意他过来。他过来了,并且弯下腰去,将自己的脸紧贴在她的脸上,将自己的嘴唇紧贴在她的嘴唇上,她的嘴唇啊,好似半只新鲜剖开的无花果。迦摩罗吻了悉达多,吻了他很久。反观悉达多,他对整个过程中发生的一切颇感惊讶,因为他发现两人不止在接吻,与此同时,他意识到她其实正在教导他。迦摩罗,她是多么聪明啊,她可真是深谙此道,懂得如何轻而易举地掌控他,欲迎还拒,嘴唇先假意拒绝他,然后再来引诱他。第一个浅吻结束之后，又是一连串安排十分巧妙、明显拥有丰富经验的深吻，一个接一个，持续了很长时间，每个吻都与众不同、独一无二，每个吻都令他对下一个吻产生更多期待。吻完之后，他简直目瞪口呆，大口喘着粗气，兀自伫立在那里。这一刻，他就跟个小孩子一样，对眼前展现出的实践技巧之博大精深感到叹为观止。值得学习的东西实在是太多了。

"你的诗句确实很优美。"迦摩罗高喊道，"假如我非常富有，肯定会付你大把金币来买它。可惜现实残忍，你恐怕很难仅凭诗句就获得所需的钱财。众所周知，想要成为迦摩罗的朋友，需要很多钱。"

"你怎么这么厉害，如此擅长亲吻，迦摩罗啊！"悉达多结结巴巴地说。

"是啊，我擅长亲吻，正因为此，我从来不缺衣服、鞋子、手镯……各种各样的漂亮东西，我这儿应有尽有。可是悉达多啊，你又擅长些什么呢？除了思考、斋戒、作诗之外，别的就什么都不会吗？"

"我也会祭祀活动中的唱赞歌咏，"悉达多说，"尽管如此，我如今却不愿再唱。我还会念诵各种咒语，尽管如此，我如今也不想再念。我曾经博览群书——"

"等等，"迦摩罗打断他，"你会读书？还会写字？"

"我当然会读书写字。会这个的人可不少。"

"大多数人都不会。就连我也不会。你会读书写字，这是很好的事情，简直太好了。不仅如此，你还会念诵咒语，这说明你多少懂些奇术，以后肯定用得着。"

这时有个女仆跑了过来，低声向女主人传话，贴着她的耳朵，通报了一则消息。

"有访客来了。"迦摩罗大声喊道，"快点出去吧，悉达多，别让任何人发现你在这里，千万注意！到了明天，我很愿意再见见你。"

说罢，她命令女仆给这位虔诚的婆罗门拿一件白色外袍。事发突然，悉达多还没来得及搞清楚这里究竟发生了些什么，就被女仆给拽走了。两人一前一后，绕了几个弯，来到一栋带花园的房子里，女仆找出一件外袍，送给了悉达多，随后又将他带到一旁的灌木丛中，急匆匆地嘱咐他，让他尽快离开这处园林，而且还警告他，沿途必须小心谨慎，不要被任何人发现。

对于这一切，悉达多没有任何意见，心满意足地按照吩咐去做了。他早已习惯了在灌木与丛林间行走，这里根本没人能发现他。过不多久，他已悄无声息地出了园林，翻越篱墙，离开了此地。他步履不停，继续前进,腋下夹着卷起来的外袍,心满意足地回到了城里。当他经过一间旅客来来往往、不停进出的客栈门口时,便自觉停下脚步,默不作声地站在那里,开始化缘。过了一会儿,他就默不作声地收下了一块米糕①。拿到这块米糕时,悉达多的心中突然冒出了这样一个想法:或许到了明天,我就不必再向任何人乞食了。

有了这个想法之后,一股自豪感油然而生:他终于不再是沙门,放弃了化缘的身份,不再需要乞食为生了。于是,他将收下的米糕给了一只狗,自己什么也没吃。

"在这个世界上,活下去其实是很简单的。"悉达多心想,"已经不必再去面对困难重重的局面了。遥想过去,当我还是沙门的时候,生活中的一切都很艰难,无论做些什么,都要花费很大气力,哪怕辛苦到最后,很可能还是一场空,毫无希望可言。现在就不同了,

---

① 原文为 Reiskuchen,此处指印度当地一种知名的传统素食,即所谓的"寺庙米糕"。制作这种传统米糕,需要将米和豆类浸泡数个小时之后,仔细研磨成糊状,静置发酵并调味,再以竹篮为模具,用芭蕉叶包裹后蒸熟,以备食用。印度米糕的历史非常久远,因为在室温下也能保存至少三天,很受旅行者和僧侣们的喜爱,是常见的化缘斋饭之一。

一切都很轻松,就跟迦摩罗给我上的亲吻课一样轻松。眼下我只需要衣服鞋履,还有钱财,其他什么都不需要——这些都是近在眼前的小目标,不会惹人胡思乱想,搅得人晚上睡不好觉。"

他早就打听好了迦摩罗在城里的寓所,第二天直接就去了那里。

"进展还挺顺利,"她见悉达多来了,便对他大声说道,"卡玛主[①]已经知道你了,正在等你去觐见他。卡玛主是这座城市里最富有的商人,见了你之后,只要喜欢你,就会重用你。懂我意思了吧,棕褐色皮肤的沙门啊,到时候可要机灵点。我已托人帮我搭了桥,向他介绍过你的情况了。你见到卡玛主之后,尽量对他友好些,他在此地可是有权有势、说一不二的大人物。但也别表现得太过谦卑!我不希望你低声下气,失了体面,最后只能做他的仆人。总而言之,在面对他时,你理应表现得不卑不亢,尽可能争取跟他平起

---

① Kamaswami,黑塞杜撰的人名,为梵文"欲望"(Kāma)与"主人"(Svāmin)二词的组合,合并直译即为"欲望之主",与对应人物的行为是契合的。本书中译名"卡玛主"出自汉译佛经的经典译法,经文中凡以"-svāmin"收尾的人名,通常译为"某某主",如《因明入正理论》的作者即为"商羯罗主"。亦有经文按梵文读音将"-svāmin"译作"-塞缚弥"的。

平坐的资格。假如你连这都办不到,我是不会对你感到满意的。今时今日,卡玛主已经上了年纪,态度比以前柔和许多,不难打交道了。只要你能得到他的喜爱,他就会信任你,会将很多事情托付给你。"

悉达多哈哈大笑,向她道了谢。当她知道悉达多昨天和今天都没吃东西时,马上就让人取了面包和水果过来招待他。

"你这个人,真的很幸运。"她在告别时说道,"一扇又一扇门都在为你敞开。这究竟是怎么办到的?莫非你用了什么奇术?"

悉达多说:"昨天我就告诉过你,我这个人擅长思考,懂得等待,经常斋戒禁食,你却认为这些统统没用。可实际上这些都是非常有用的。迦摩罗,过不了多久,你就会看到效果。你将会看到,这个自林间深处远道而来的蠢沙门、傻沙门,居然学会了许多你完全不知道的技巧,居然能够办成许多你根本办不到的事情。前天我还是个蓬头垢面的乞食者,可是到了昨天,我已经吻过迦摩罗了。再过不久,我就会成为一名商人,拥有大量钱财,拥有一切你所看重的东西。"

"好吧,或许你讲得没错,"她坦承道,"但是,假如我没有在你生活中出现,你现在会变成什么样?假如迦摩罗不曾帮你，你又会变成什么样？"

"亲爱的迦摩罗啊，"悉达多挺直腰板，理直气壮地回应道，"早在我抵达你那处城郊园林时，早在我们两个初次见面时，我就已经迈出了第一步。彼时彼刻，我才刚看到你，就已下定决心，要向这位全天下最美丽的女人学习爱情的奥妙。自下定决心的那一刻起，我就无比确凿地知道，自己一定能够实现这个目标。不仅如此，我还知道你肯定会帮助我——自打你在园林入口看我的第一眼起，我就知道得一清二楚。"

"可是，假如我不愿意呢？"

"事实上，你是很愿意的。不妨让我给你打个比方看看，迦摩罗：假设你伸出手来，将一块石头扔进水里，正常情况下，这块石头必定会沿着一条最快的路径直接沉到水底。以此类推，一旦悉达多有了具体的目标，一旦下定了决心，之后发生的事情自然也一样：直奔目标，一沉到底。在此过程中，悉达多本人什么也不做，他只需要耐心等待，认真思考，跟往常一样斋戒禁食，可他穿过世间万物就好比石头穿过水，明明自己什么也没做，明明自己连一动都不动，却被周遭一切给牵扯了进去，不断下沉，一沉到底。恰恰是悉达多所定下的目标在牵引着他，因为他本人决不允许任何可能抗拒自己目标的东西在他灵魂中驻留。这就是悉达多从沙门群体那儿学到的本事,这就是愚人们称之为魔法的玩意儿,这就是他们认为恶魔在从中作祟的玩意儿。实话实说,这世间根本就没有什么恶魔作祟,所谓恶魔根本就不存在。任何人都可以施展魔法,任何人都能实现自己的目标,只要擅长思考,只要懂得等待,只要斋戒禁食,就都能办得到。"

迦摩罗认真聆听悉达多的话语。她喜欢他的声音,喜欢他的目光。

"或许真是这样,"她低声回应道,"或许事情就跟你讲的一样,朋友。不过,也可能并非如此——可能只因为悉达多是个相貌英俊的男人,他的目光很讨女人喜欢,所以好运才会降临到他头上。"

悉达多用一个吻来挥别迦摩罗。"唯愿如此,我的老师。唯愿你永远喜欢我的目光,唯愿我在你这里永远都能收获好运!"

## 与天真者为伍

悉达多前往觐见商人卡玛主。通报之后,旋即被领入一栋富丽堂皇的宅邸。仆人们带着他,在华美的挂毯之间穿行,最后进到一处陈设高雅的房间里,在那里等待宅邸主人。

卡玛主进来了,这是一位动作敏捷、头脑敏锐的先生,头发白得厉害。相较于年纪而言,他的体态显得格外轻盈,眼神机敏且谨慎,嘴角透露出难以掩饰的贪婪。主客相会,先是一番殷勤寒暄。

"有人告诉我,"客套一番之后,商人开口道,"说你是一位婆罗门,是个学识渊博的学者,但你却想找一位商人来投奔,寻一份赚钱的差事。婆罗门啊,你的生活是不是陷入了困顿,所以才想找个差事做做?"

"情况并非如此,"悉达多回应道,"我的生活目前过得挺好,并没有陷入困顿,说得更准确些,我的生活从来就不曾困顿过。你恐怕不知道,我是从沙门群体那里远道而来的。在此之前,我跟他们一起,生活了很长一段时间。"

"既然你来自沙门群体,生活怎么可能不困顿?沙门群体不是向来都以一无所有为荣吗?"

"我的确一无所有,"悉达多说,"假如你打算用'不占有任何私人财产'来描述我当下的状态,那你讲得没错:我一无所有,这是显而易见的。不过话说回来,我本身是自愿的——自愿维持一无所有的状态,并非被迫如此,不仅没有陷入困顿,反而还乐在其中。"

"可是,假如你真的没有任何私人财产,又靠什么来生活呢?"

"我从来没有思考过这个问题,先生。我保持'不占有任何私人财产'的状态,已经有三年多了,从来没有想过自己应该靠什么来生活。"

"既然如此,单就结果而论,你其实一直都是依靠别人的财产来生活的。"

"恐怕真是这样。毕竟事实摆在眼前,连商人也是依靠别人的财产来生活的。"

"说得好。但这两种情况是不一样的,商人从来不会白拿别人的东西——商人总是必须将自己的货品交出去作为交换。"

"两种情况从根本上而言是一样的:各取所需,各得所求,这就是生活。"

"您或许是这样认为的,但请容许我问一句:你本身没有任何财产,一无所有,拿什么来跟别人交换?"

"每个人都必须付出自己所拥有的东西,用自己拥有的东西来交换。战士出力,商人交出货品,老师教书育人,农夫拿出稻米,渔民献出鲜鱼。"

"有理有据。既然如此,你拿出来交换的东西是什么?你学过些什么?你能做些什么?"

"我擅长思考。我懂得等待。我经常斋戒禁食。"

"这些就是全部了?"

"在我看来,这些就是全部!"

"既然如此,那么具体而言,这些本事有什么用处呢?比方说,斋戒禁食——它有哪些好处?"

"大有裨益的,先生。假如某人饥肠辘辘,没有任何东西可吃,斋戒禁食就是他现阶段所能做的最明智的事情。不妨举个例子来说明:假设悉达多没有学会斋戒禁食的本事,那他今天就不得不被迫找些活儿来做,以此来赚钱糊口。无论是在你这里,还是在其他人那里,一旦忍受不了饥饿,他就得被迫这样做,就得受制于人。可是你瞧,现实情况是怎样的呢?现实中的悉达多,大可以安安稳稳地等待下去,想等多久就等多久，什么也不做，只等吃的自己找上门来。他既不会感到焦躁难挨，也不会有任何窘迫感，因为他大可以任由自己被饥饿纠缠，随便它纠缠多长时间，最后大不了付诸一笑。先生，这，就是斋戒禁食的妙处。"

"你说得还挺对，沙门啊，稍微等我一下。"

卡玛主出去了，过不多久又折返回来，手里拿着一卷纸，递给客人，并且问道："你可以读读这个吗？"

悉达多瞧了瞧，纸上写的是一份买卖合同，于是就从头开始朗读其中的内容。

"太棒了。"卡玛主说，"我现在给你一张纸，你能在这张纸上为我写点什么吗？"

说罢，他递给悉达多一张纸，还有一支笔。悉达多一拿起笔就开始写，转眼写好，将纸还给了卡玛主。

卡玛主念道："书写有益，思考更佳。聪慧有益，忍耐更佳。"

"这句话写得可真不赖。"商人赞叹不已，"看起来，我们之间还有很多可聊的。今天，我要奉你为座上宾，你就留在这栋宅邸里过夜吧。"

悉达多向卡玛主道了谢，接受了对方的盛情邀约，从此就在商人宅邸里住下了。有人给他送来了衣服，鞋子也送来了。每天都有专人负责为他准备洗澡水。每天按时提供两顿丰盛的饭菜,但悉达多每天只吃一餐,而且他既不吃肉,也不饮酒。卡玛丝向悉达多详细介绍自己所属的这个商业是如何运作的,带他巡视货物和仓房,向他展示如何计算账目。悉达多陆陆续续学会了许多新东西,在学习过程中,他一直都很低调,听得多,说得少。悉达多时刻谨记迦摩罗之前嘱咐自己的那番话语,从不屈从于商人,从不低声下气,总是表现得不卑不亢,迫使商人跟自己平起平坐,甚至超过了平起平坐——相比之下,悉达多反而更占优势。卡玛丝总是小心翼翼地运作自己的生意,而且经常全身心地投入进去,对与生意相关的一切都充满了激情;反观悉达多,他却将与生意相关的一切通通视作游戏,尽管他还是会努力把握游戏规则,将这游戏玩得精细准确,但其中内容却并不能使他动心。

悉达多在卡玛丝的这栋宅邸里住了没多久,就已正式参与到宅邸主人的生意运作中去了。虽然每日事务繁忙,但只要一到约定好的时间,悉达多就会与美丽的迦摩罗相会。每次去见她时,他的身上都穿着华美的衣服,脚上踏着做工精致的鞋子,没过多久,他也给她带来了礼物。在爱情所辖的领域里,她一次又一次地轻启她那张红润、机敏的小嘴,一次又一次地运用她那双纤细、柔嫩的小手,教会了他很多东西。悉达多在这一领域毕竟涉足未深,跟小男孩没什么两样,每次与迦摩罗相会,都会无所适从、贪得无厌地陷入情欲之中,就仿佛失足跌落到无底深渊里一般。因此,迦摩罗就从最基本的理念上着手,谆谆善导,教会了他这样一个道理:在爱情的世界里,一个人不能只享受欢乐却不给予欢乐。两情相悦的过程中,每一个动作、每一次爱抚、每一回触碰、每一道视线……肉体的每一处最细微部位,都暗藏了秘密,只要想方设法掌握诀窍,将其唤醒,就能给知晓秘密者带来无与伦比的幸福。她又教导他,在享受过一场爱欲盛宴之后,假如恋人之间无法真正进入对方的心灵,无法催生出相互欣赏、相互崇拜的美妙认知,无法拥有既征服了对方、同时又被对方征服的复杂情愫,如此情况下,双方肯定都不可能感到心满意足,长此以往,必定会滋生出乏味无聊感,还会产生糟蹋了对方或者被对方糟蹋的恶劣印象。为避免发展到这一步,与其勉为其难,不如早早分开。悉达多跟迦摩罗这位美丽又聪颖的爱欲艺术家一起,度过了一段又一段的美好时光,成为她的学生、她的爱侣、她的朋友。跟迦摩罗相伴——这就是悉达多当下生活的价值与意义,悉达多的心全在这里,根本就不在卡玛主的生意里。

商人将撰写重要信函与合同的工作托付给了悉达多,并且还养成了一个习惯:生意中遇到的所有重要事项都要向悉达多请教,咨询他的意见。卡玛主很快就发现,悉达多对于大米、羊毛、航运和贸易知之甚少,但他手气很好,做任何事情都容易取得成功。不仅如此,悉达多为人处事非常沉着冷静,在倾听他人谈话、洞察陌生人意图等技巧上,都超过了他这个苦心经营多年的商人。"这个婆罗门啊,"卡玛主对自己的一位朋友说道,"他实际上并不算是一名真正的商人,而且以后永远都不可能成为一名真正的商人。他从灵魂上排斥从商,对生意毫无热情可言。尽管如此,他却掌握了某种难以描述的秘诀,跟那些什么事都不必去做、成功就会自动降临的人所掌握的秘诀一样,或许是因为他出生时就拥有很好的星盘[①],或许是因为他懂得如何使用魔法,或者是因为他从沙门群体那里学到了某些我们不知道的奇术。无论如何,他似乎从

---

[①] 此处是古印度吠陀占星学中的说法,其星盘推算使用的是个人出生时星体所处的位置,与西方占星是不同的,故有文中所说。

来都只将生意当成游戏来玩耍；也正因此，生意从未完整地进入过他的内心，从未完全地控制住他的灵魂；也正因此，他从来不害怕买卖失败，也从来不担心生意亏损。"

听过商人的描述之后，这位朋友给出了建议："从他为你所做的成功买卖里，抽出三分之一的利润分给他；相对应的，当他亏损时，也必须承担同样份额的损失。如此一来，他自然就会变得更加专注，对从商也会更加热心。"

卡玛主听从了朋友的建议，依照这套规矩来约束悉达多。哪曾想到，悉达多对此根本无动于衷，仍旧按照自己的步调来张罗生意。一旦赚了钱，他就面无表情地接受分红；一旦遭遇亏损，他就哈哈大笑地自嘲道："欸，瞧瞧，这次果然坏事了！"

事实如此，悉达多对待生意的态度就是这么无所谓。有一次，他离开城市，启程前往一处村庄，打算到那儿去收购一大批稻谷。哪曾想到，当他抵达村庄时，才发现这批稻谷早已卖给了另一位商人。尽管如此，悉达多还是在村庄里一连住了好几天，出钱款待农民，给他们的孩子送上大把铜币①，还跟他们结伴参加了一场婚礼，做完这一切之后，才心满意足地结束旅行，开开心心地回了城。卡玛主责骂他，说他没有立即返回，白白浪费了时间和金钱。悉达多不以为意，当面反驳道："赶紧收起你那套责骂的把戏吧，亲爱的朋友！从古至今，仅凭责骂就能办成事情的例子，我还从来没有听说过呢。你有损失，不必废话，由我来承担就好。不管怎么说，我对这趟旅行感到十分满意：遇见了各式各样的人物，有个婆罗门跟我成了朋友，孩子们把我的膝盖当马骑，农民们带我参观了他们的田地，根本没谁把我当商人。"

"这一切都挺美好，"卡玛主心有不甘地叫嚷道，"可你实际上就是个商人，我肯定只会把你当商人看！要么你这趟旅途本就不是为了去收购稻谷——莫非你远行只是为了消遣？"

"当然啊，"悉达多笑道，"我出城远行，当然只是为了消遣。否则还能为了什么？我这一趟下来，结识了很多人，见识了不少美景，享受了善意与信任，寻

---

① 此处所指为历史上最早的铜币之一，古印度的Karshapanas，其历史可上溯至公元前六世纪。铜币形状是不规则的，但重量上却有严格标准，上面压印太阳、月亮、动物图案，或者几何图形。

获了可贵的友谊。瞧瞧，亲爱的朋友，我们不妨来假设一下：假如我是卡玛主，一旦发现自己的买卖已经搞砸，肯定会怒气冲冲、匆匆忙忙地赶回城去。买卖没成，你的时间和金钱实际上已经损失掉了，无非多一点和少一点的区别而已。可是相比之下，我却度过了一连好几天的美好时光，学到了知识，享受了快乐。我没有像你那样，因为愤懑与仓促而去伤害自己，或是伤害他人。假以时日，一旦我再次前往那里——或许是为了收购下一次的稻谷收成，或许是为了其他任何可能成行的目的——到了那时候，友好的人们自然会以亲切、热情的态度来接待我，我也会庆幸自己当初没有表现得很仓促，没有表现出任何不快与怨怼。我的想法就是如此，所以——乐观点吧，朋友，不要为了责骂我而伤害到你自己！假如到了未来哪天，你猛然发现：好你个悉达多，竟然给我造成了这么多损失。那么到时候，你只需要吩咐一声，悉达多马上就会回去走自己的老路。但是，在那一天真正来临之前，我们最好还是对各自的表现互相迁就一点。"

除了这类事情之外，商人还企图劝服悉达多，企图让悉达多能够顾念到，他眼下吃的其实是他——卡玛主——的饭，能够对此心怀感激，结果同样是徒劳无功。悉达多吃的是他自己的饭,或者说得更准确点,他们两个吃的其实都是别人的饭,因为从商吃的本来就是大家的饭。悉达多在听卡玛主讲述自己的担忧时,从来都是左耳朵进右耳朵出,反观卡玛主,又总是忧心忡忡、焦虑难当,从来没有省心的时候。比方说,当遇到一笔买卖明明正在进行、却面临可能搞砸的威胁时,或者当某批货物断了联系、存在找不回来的风险时,以及当某位债务人资金紧张、无力偿还欠款时,卡玛主的言行绝对会让他的生意伙伴感到难以忍受,因为在事情尘埃落定之前,他永远都是一副哀叹埋怨、大发脾气、眉头紧皱、夜不能寐的状态。作为卡玛主的生意伙伴,无论如何都想象不出他这样做能有什么好处。有一次,卡玛主因为某件事情感到气急败坏,居然责骂起悉达多来,说悉达多的一切都是从他这里学来的,对此,悉达多不气不恼地回应道:"别用这种玩笑话来糊弄我!我从你那里学到的,无非是满满一筐鱼能卖多少钱,借钱出去需要收多少利息之类的琐事。这类琐事就是你的学问。我擅长思考,但不是从你那里学的。高贵的卡玛主啊,你最好还是向我学习一下如何思考,这对你而言是很有好处的。"

悉达多的志向的确没有放在做生意上。诚然,做生意能够为悉达多带来钱财，供他取悦迦摩罗使用，这对他而言还挺不错，可他做生意赚来的钱实在太多，远远超出了他的需要。在做生意的过程中，除了取悦迦摩罗之外，悉达多尚且能够对其表现出些许关切、尚且具有一定好奇心的，就只剩下做生意时接触到的各色人等了。他们经营的买卖，他们所从事的行当，他们日常的烦忧、欢乐与愚行，对于以前的悉达多而言，简直就跟天边的月亮一样，陌生又遥远。尽管悉达多很容易就能跟任何人攀谈，跟任何人一起生活，向任何人学习，可他依旧如此深切地意识到，自己跟他们之间始终存在着某种隔阂、某道无法跨越的鸿沟，这隔阂或者说鸿沟不是别的，正是他以前一直坚持履行的沙门群体的生活方式。悉达多见到各色人等以孩童或是动物般的天真方式来生活，对此他感到既欢喜，又鄙视。悉达多见到各色人等的日子过得无比艰辛，见到他们承受各种苦难，见到他们黑发变白、逐渐苍老，仅仅为了获得一些他个人认为完全不值得付出如此高昂代价的东西——为了金钱，为了微不足道的小小快乐，为了微不足道的小小荣誉。悉达多见到各色人等互相谩骂，互相诋毁，见到他们哭诉、抱怨生活中的各种痛苦——对于这类痛苦，沙门群体只会一笑置之，见到他们因为物质上的各种匮乏与不足而遭罪——对于这类匮乏与不足，沙门群体根本就感觉不到。

悉达多与这些天真者为伍，坦然接受他们给自己带来的一切。他欢迎向自己兜售亚麻布的商人，欢迎专程前来找自己借钱的债务人，欢迎向他诉说穷困潦倒故事长达一个牟呼的乞丐，可是实际上，此人的贫穷程度，恐怕连任何一位沙门的一半都及不上。悉达多对待富有外国商人的态度，跟对待给自己剃须的仆人没什么不同，跟对待买香蕉时总是会多算他几个钱的街头小贩没什么不同。每当卡玛主过来找悉达多，向他倾诉眼下的各种烦恼，或是因为生意上的疏失来责骂他时，悉达多总是会带着无比好奇的态度、无比愉悦的心情聆听，对卡玛主的言论与态度感到惊奇，想方设法地去感同身受，尽量为卡玛主不可理喻的言行找一点站得住脚的理由，而且还不会找太多，只要刚好能站得住脚，能够帮助他继续容忍卡玛主的存在即可。做到这点之后，悉达多就会转身离开，不再理会卡玛主，转而去见下一个想见他的人。有很多人专门过来找他，有很多人想跟他做生意，有很多人想骗他，有很多人想来摸他的底，有很多人想博取他的同情，有很多人想听取他的建议。所以他就给出建议，他也表示了同情，他给钱一直很大方，他甚至心甘情愿地让自己被骗，上一点小当——与天真者为伍时所进行的这一整套游戏，以及跟各色人等玩这套游戏时的热情，已然占据了他全部的思想，诚如当年的诸神与梵一度占据了他全部的思想一样。

悉达多时不时地就会生出这样一种感觉，觉得自己的胸腔深处隐约响起了某个濒死的、虚弱到几乎听不见的声音，这声音总是在对他轻柔劝诫，向他轻轻哀叹着什么，但具体内容却难以听清。直到一段时间过后，他才猛然醒悟，意识到自己眼下所过的其实是一种颇为怪异的生活，意识到自己目前所做的一切不过是场游戏。深陷于这场游戏之中，悉达多的确过得非常惬意，偶尔也会感到无比快活，可是与此同时，真正的生活却从他身边流走了，不再跟他有任何接触。就跟一位杂耍艺人玩他手里的那些小球一样，悉达多也在玩他的生意，玩他周围那些天真者，打量他们，在他们身上寻找乐趣；可是与此同时，他的心灵、他的生命源泉却不在这里——这股源泉流向了某个离他本人很远的地方，渐行渐远，不知不觉之间，竟然已经看不到了，仿佛与他本人所过的生活再无任何瓜葛。

有那么几次，悉达多也被自己心中产生的这种想法给吓到了，并且希望自己从今以后能够真正满怀激情、全身心地投入这些天真者的日常活动中，真正地过起这些天真者的人生，真正地做起这些天真者常做的事情，真正地享受，真正地生活，而不仅仅是作为一名旁观者，伫立一旁，格格不入。无论心情如何，悉达多总是会回到美丽的迦摩罗身边，学习爱的艺术，实践情欲崇拜。在迦摩罗身边，付出与收获比其他任何地方都更能融为一体。悉达多跟迦摩罗闲聊，向她学习，给她提出建议，同时也接受她的建议。迦摩罗比过去的哥文达还要了解悉达多，相较于哥文达，迦摩罗与悉达多反而还要更相似一些。

有一次，悉达多对迦摩罗讲了这样一番话："你跟我的情况其实是一样的——跟大多数人不同。你是迦摩罗，不是其他任何人，在你内心深处，存在着一份独特的静谧，能够给予庇护，只要你愿意，可以在任何时候遁入其中，就跟回到了幻境中的家乡一样。我也和你一样，拥有同样的能力。在这个世界上，很少人真正拥有这种能力，但其实所有人都可拥有，只要掌握了窍门就行。"

"毕竟不是所有人都聪明。"迦摩罗说。

"不对,"悉达多说,"窍门并不在此。卡玛主跟我一样聪明,但他内心深处就得不到庇护。还有其他一些人,他们可以得到庇护,但智力水平却跟小孩子差不多。迦摩罗啊,世间大多数人,都像是一片落叶,随风飘荡、旋转、摇摆,最终坠落到地面上。可是总有其他一些人,数量很少的一部分人,就跟天边的星星一样,永远沿着固定路线前进,风根本吹不到他们,每个人都拥有独属于自己的步调与轨道。我认识许多学者和沙门,其中仅有一位达到这种级别的人物:一位完人,我永远都无法忘记他。此人正是乔达摩,那位在世活佛,四处宣讲自己那套理论的传道者。千千万万的弟子,每天按时谛听他的教诲,每时每刻都谨遵他的规诫。可是,这些弟子啊,他们全都是落叶,内心深处既没有教诲,也没有规诫。"

迦摩罗面带微笑,端详着悉达多。"你又在谈论他了,"她说,"你那套沙门的思想又回来了。"

悉达多沉默不语。于是,他们又开始玩起爱欲的游戏。这一次,他们玩的是迦摩罗熟谙的三十或者四十种不同游戏当中的一种。她的胴体灵活柔韧,宛似一头美洲豹,又似猎人手中的弯弓;无论是谁,只要向迦摩罗学习过爱欲之奥妙,自然就能收获许多欢乐、懂得许多秘密。她跟悉达多一起，玩了很长时间的游戏，引诱他，拒绝他，强迫他，拥抱他：她为悉达多如今所掌握的高超技巧感到开心，沉湎其中，直到他终于缴械投降，精疲力竭地躺在了她的身边。

这位高贵的娼妓，此刻选择俯下身去，久久凝望他的脸庞，凝视他疲惫的双眸。

"你是最好的情人。"她若有所思地说道，"是我见过的男人当中最好的。你比别的男人更强壮，身体更加灵活柔韧，性格方面更懂得配合。悉达多啊，我所掌握的这门技艺，你学得可真出色。等到将来的某一天，等我年龄更大些时，我想跟你生个孩子。可是，亲爱的啊，你始终是个沙门，而且你也并不爱我——你根本就不爱任何人，难道不是吗？"

"恐怕还真是如此。"悉达多无比疲惫地回应道，"我跟你一样，你也不爱任何人——如若不然，你又怎能将爱情当作一种艺术来实践呢？我们这类人啊，或许根本就无法去爱。但那些天真者却可以：这就是他们的秘密。"

# 轮回[①]

　　长久以来,悉达多一直过着世俗世界的生活,享受着情爱与欢愉,但却始终不曾完全融入进去。在过去近乎狂热的沙门岁月里,苦修扼杀掉了他感官上的敏感性,如今这些感官又复苏了。他尝到了财富的滋味,尝到了肉欲的滋味,尝到了权力的滋味;尽管如此,在很长一段时间里,他骨子里依旧是个沙门。迦摩罗,这个聪明的女人,她异常准确地看透了这点。实际上,真正在指导悉达多人生的,依旧是思考、等待、斋戒禁食这三样本事。俗世凡尘中的各色人等,那些天真者,哪怕悉达多终日与他们为伍,在他眼中看来,他们也还是陌生人,诚如他们同样认为他很陌生,与众人格格不入。

　　岁月如梭,流逝飞快。可是,长期被流光溢彩、纸醉金迷的生活裹挟的悉达多,却几乎察觉不到年华

---

[①] 原文为 Sansara,即梵文 Samsara,意为"轮回转世",为印度婆罗门教的基本教义之一。佛陀对该概念进行了吸收改造,使其成为佛教理论的基础。

的消逝。他早已变得富甲一方，早已拥有了属于自己的宅邸和仆人，在城郊的河边另有一座花园。人们都喜欢他，每当需要金钱或者建议时，就会过来找他，可是除了迦摩罗之外，没有任何人能够真正走近他的心灵。

在自己青年时代的巅峰期，悉达多曾经体验过一种澄明清朗的高度清醒感，那还是在谛听过乔达摩教诲之后的一段日子里，是在与哥文达挥别后的一段日子里——澄明清朗的高度清醒感，高度紧张的期待感，在既不信奉任何教诲又没有任何老师可推崇的前提下，进行独立自主思考的骄傲，还有那种时刻准备就绪、随时都能聆听自己内心深处神圣声音的游刃有余，如今皆已化作遥远的回忆，成了过眼云烟；一度近在咫尺的圣泉，一度在他体内流淌荡漾的圣泉水，如今早就在遥远的地方静悄悄地流淌了。尽管如此，悉达多从沙门群体那里学到的许多东西，从乔达摩那里学到的许多东西，从自己的父亲——那位老婆罗门身上学到的许多东西，还是在他心灵深处长久留存着：克制的生活，思考的快乐，冥想的时刻，以及对自身一切的隐秘认知，对那既非肉体又非意识的永恒之"我"的隐秘认知。上述的一切，其中一部分的确还留存在他心里，尽管如此，这一切依旧一个接一个地隐没下去，扬起尘灰，掩埋了自己。这一切就好比陶匠的轮片，一旦开始转起来，就会持续转动很长时间，最后才慢慢减速，最终停止转动；在悉达多的内心深处，也有与之相对应的轮片——苦修之轮、思考之轮、辨识之轮，它们也跟陶匠之轮一样，持续转动了很久，如今仍在转动，但它们转动的速度已非常缓慢，轮片也不再平稳，已经开始不断晃动，开始转转停停了，它们的这种转动，其实早已接近于停滞。恰如外部的腐败湿气会逐渐渗入濒死的树干，逐渐填满树干内部，使其慢慢开始腐烂一样，庸常世俗与懒散惰性，也逐渐渗入悉达多的心灵，逐渐填满了心灵内部的空间，使心灵慢慢变得迟钝沉重，变得疲惫不堪、麻木不仁，逐渐进入沉睡状态。相对应地，他的各种感官反倒因此而变得活跃起来，慢慢学到了很多，陆续体验了很多。

  悉达多学会了如何做生意，学会了如何对他人行使权力，学会了如何跟女人寻欢作乐。他学会了穿漂亮的衣服，学会了对仆人颐指气使，学会了在芬芳扑鼻的药水中沐浴①。他学会了享受由名厨精心烹制的珍馐佳肴，其中包括鱼肉，也包括野味和飞鸟，以及各种香料与甜食，他还学会了如何啜饮让人变得慵懒放松、忘记一切的美酒。他学会了玩骰子，学会了下棋，学会了看舞女们表演，学会了如何坐大轿、睡软榻。尽管如此，悉达多依旧觉得自己跟其他人不一样，认为自己比他们优越。跟他们打交道时，悉达多总是带着几分揶揄、几分嘲弄，不自觉地显露出瞧不起对方的态度，这正是沙门群体长久以来一直对俗世凡尘所抱持的蔑视态度。每当卡玛主染疾患病，表现得弱不禁风、病病恹恹时；每当卡玛主恼怒生气，觉得自己受了侮辱，受到商人阶层不得不面对的各种烦恼困扰时，悉达多总是投来嘲讽的目光，沉默不语，袖手旁观。但是，随着时间缓缓流逝，一个接一个的收获季与雨季接连过去，悉达多的嘲讽逐渐失去了力度，他的优越感也渐渐消退了。在财富日益增长的同时，悉达多本人也慢慢沾染上了天真者们通常具有的一些特征，沾染上了他们的天真幼稚，沾染上了他们的胆怯

---

① 此处所描述的可能为阿育吠陀油浴，是古印度传统药浴当中的一种。入浴前，先要在全身抹满加热过的特殊精油，进行按摩后，再进入添加大量精油与香料并充分搅匀的药水中浸泡沐浴。

谨慎。悉达多变了,变得跟天真者们很像了,可是与此同时,他还是羡慕他们,他跟他们变得越像,反而越羡慕他们。他所羡慕的恰恰是他本人没有、他们却拥有的东西;羡慕他们不得不时刻惦记自己所过的生活,患得患失,重视与其相关的一切;羡慕他们在面对各种快乐与恐惧时仍旧怀有无比的激情;羡慕他们那瞬息万变、随波逐流的生活所带来的幸福感,哪怕不得不承受焦虑,却也能享受到甜蜜。这些天真者,他们活着就是爱自己,爱女人,爱他们自己的孩子,爱功名,爱钱财,爱规划未来,永远怀有不切实际的希望。然而,悉达多却没能从他们那里学到这些,他学到的反而只有他们那种孩童般的天真幼稚,孩童般的短视愚蠢;他从他们那里学到的,恰恰是他本人极端鄙视、避之唯恐不及的东西。于是,在悉达多的生活中,这样一类情况出现得越来越频繁:在觥筹交错、把酒言欢的某个狂欢之夜结束之后,隔天早晨,到了本该起床的时间,他却迟迟不肯起床,反而继续躺着,什么也不做,持续很长时间,他感到头晕脑涨,身心无比疲惫。当卡玛主又一次前来找他,絮絮叨叨地倾诉生活中各种琐碎的烦忧,令他感觉乏味无聊时,他又会变得很不耐烦,焦躁易怒。一旦赌博玩骰子输掉了，他会故意放声大笑。诚然，悉达多的这张脸，始终还是比普通人更显睿智、更具灵性，但却很少浮现出发自内心的微笑，一些富人脸上经常会有的那些糟糕特征，反而一个接一个地在这张脸上呈现出来——吝啬贪心、永不知足、虚弱病态、暴躁焦虑、拖沓懒散、不近人情。长此以往，那些富人灵魂中会有的顽疾也逐渐侵占了悉达多的灵魂。

疲惫倦怠，仿佛一层薄纱，仿似一缕薄雾，以极慢的速度落到悉达多身上，一天更比一天密实，一月更比一月浑浊，一年更比一年沉重。恰如一件原本崭新的衣服，总是会随着时间的流逝，慢慢变得陈旧，褪去表面美丽光鲜的色彩，染上难洗的污渍，面料上出现皱褶，边缘位置磨损，时不时地在此处或彼处显露出令人反感、暗淡无光的缺点；悉达多挥别哥文达之后，随着时间的流逝，他所过的这种原本崭新的生活，也慢慢开始变得陈旧腐朽，失去了色彩与光泽，皱褶与污渍开始在这种生活的表面上积聚，长期隐藏在生活之下的失望与厌弃，终于也时不时地在此处或彼处显露出丑陋无比的真面目。悉达多并没有意识到这些，唯独在偶然之间注意到，内心深处那个曾经唤醒过自己的声音，那个在他的光辉岁月里长久指引着他的声音，那个一度无比响亮、无比坚定的声音，如今已悄然沉寂、消失不见了。

世俗世界俘虏了他，最先抓住他的是享乐，接下来是情欲、是懒惰，到了最后，就连那个他一直以来最为鄙视、最看不起、认为绝对是愚不可及的恶习也抓住了他，那就是贪婪。甚至连财产、家业、财富这类他原先觉得根本不值一晒的玩意儿，到头来也还是抓住了他。时移世易，与金钱相关的一切，对他而言已不再是游戏，不再是可有可无的装饰物，反而摇身一变，成了无法摆脱的枷锁与重担。值得一提的是，悉达多是经由某种相当怪异、狡诈的方式，陷入这最后也是最卑劣的依赖之中的，那就是骰子游戏，也即赌博。从内心终于不再认为自己是沙门的那个时候开始，悉达多就慢慢陷入了这种以追逐钱财、追逐贵重物品为终极目标的游戏当中。刚开始时，他还只将赌博视作天真者们日常生活中长久流行的一种习俗，面带微笑、漫不经心地参与其中。哪曾想到，在输输赢赢的过程中，他竟玩得越来越起劲，越来越狂热，根本停不下来。在赌博圈子里，他是个令人闻风丧胆的赌徒，很少有人敢于跟他对赌，因为他下的赌注总是如此之高，他下注的方式总是如此大胆。事实上，悉达多之所以沉迷于赌博，纯粹是由于他内心的苦闷想要找个途径来化解，通过狂热的赌博行为挥霍掉自己挣来的那些可耻金钱，使他心中生出某种无比愤怒的喜悦，俗世凡尘之间，再没有其他方式能够更客观具体、更轻蔑地表达出他对财富、对这种被商人阶层奉为偶像来崇拜的玩意儿的鄙夷之情了。也正因此，一旦上了赌桌，悉达多就一定要肆无忌惮地豪赌，以此来表达对自身的憎恶、对自身的讥讽。赢起钱来时，就是成千上万地赢，输钱时又是成千上万地输，一掷千金，转眼成空。赌没了金钱，赌没了珠宝，赌没了宅邸，须臾之间，统统又赢了回来，须臾之间又再输掉。在掷出骰子的过程中，在面对高额赌注的焦虑中，悉达多所感受到的那份恐惧，令他如痴如醉，令他为之着魔。诚然，恐惧本身是极为可怕的，无比压抑，令人窒息，但同时也会让人上瘾，不可自拔，也正因此，悉达多总是想方设法地要将这份恐惧重现，还要让它不断增强，让它随着骰子一道，越掷越高，因为唯有当他身处于这种无比强烈的刺激当中时，才能依稀感受到某种类似于幸福的东西，某种类似于激情的东西，某种在百无聊赖、不温不火、平淡无奇的生活中，仿佛可以令生命得以升华的东西。

每次输掉大笔金钱之后,悉达多都会再去寻求新的财富,更积极地进行买卖交易,更加严苛地敦促债务人偿还欠款,因为他还想继续赌博、继续挥霍、继续对外表现出自己对财富的鄙夷。面对金钱上的巨额损失,悉达多逐渐失去了以往镇定自若的心态;面对拖欠款项的债务人,悉达多逐渐失去了良好的耐心;面对可怜的乞丐,悉达多逐渐失去了善良的本性。如今的悉达多早已对施舍赠予失去了兴趣,也不会再轻易借钱给恳求自己帮忙的人了。如今的悉达多啊,转眼就能将成千上万的钱财赌个精光,并对此嗤之以鼻、放声大笑,对外表现得像是满不在乎,可是与此同时,他做起买卖来却越来越精打细算,越来越吝啬,甚至在晚上做梦时都会梦到金钱!每当他从这些与金钱相关的丑陋迷梦中醒来时,每当他在卧室墙上的镜子里见到自己的面容变得越来越衰老,越来越丑恶时,每当羞耻与自我厌恶的感觉袭来时,他都会选择继续逃避,逃避到新一轮的赌博游戏中,逃避到情欲与酒色交织而成的幻梦中,随后又从那里折返,再次回到积累金钱、赚取金钱的无聊生活中。在这种没有任何意义可言的无限循环里,悉达多终于把自己给折腾累了、折腾老了、折腾病了。

值此凋敝困顿之时，偶然降临的一个梦，向悉达多做出了警示。那天傍晚时分，悉达多跟迦摩罗在一起，在迦摩罗美丽的园林里消磨时光。他们坐在树下聊天，迦摩罗讲了许多耐人寻味的话语，语句背后似乎潜藏着某些难以言说的哀伤与疲倦。讲完这些话语之后，她又请求悉达多给自己讲讲关于乔达摩的事情，悉达多开始讲了，讲了好一会儿，但迦摩罗却总也听不够：乔达摩的眼神多么纯净，乔达摩的嘴唇多么恬静、多么美丽，乔达摩的笑容多么和蔼可亲，乔达摩走路时的步态多么静谧平和——悉达多反反复复地讲，每一个字她都听得津津有味。悉达多没办法，不得不将自己所知道的、跟那位在世活佛相关的一切跟她讲了好久，直到最后，迦摩罗才叹了口气，对悉达多说道："有朝一日，或许过不了多久，我也要去追随这位在世活佛。我要将自己这处洋溢着欢乐的花园献给他，我将在他的教诲中得到庇护。"然而，在这番发自内心的感慨说出口之后，迦摩罗又开始挑逗起悉达多，将他紧紧揽在自己怀中，再一次玩起他们的爱欲游戏。她以一种带着极端痛苦的狂热情绪来爱他、撕咬他，眼里淌着泪，仿佛要从这虚妄、短暂的肉体欲望中，再榨出最后几滴甜蜜与甘美。悉达多沉湎其中，在此之前,他还从未如此奇怪地意识到,欲望与死亡之间的关系,竟是如此密切。游戏结束了,他躺在她身边,迦摩罗的脸紧挨着他。自她双眼下方,自她嘴角旁边,悉达多前所未有地读出了某种令他感到心有戚戚然的文字,那是一种由皮肤上的细密纹路与轻浅沟壑拼砌而成的文字,阅读这种文字时,会让人不由自主地联想起秋天,联想到风烛残年,就跟如今的悉达多一样——单从年纪来看,他也不过四十出头而已,但满头黑发的间隙处也早已陆陆续续地长出了白发。倦怠,一笔一画地写在迦摩罗美丽的脸上:这倦怠,是走在一条必定没有善终的漫长道路上的倦怠。不止倦怠,还有已开始朝着各处不断蔓延的凋败,以及潜伏着的、尚未言明的、兴许连自己都不知道的焦虑:对衰老的恐惧,对秋天的恐惧,对命定之死的恐惧。悉达多叹息连连,向迦摩罗告了别,内心充满了郁闷,满怀着隐秘的不安。

离开迦摩罗之后,悉达多回到自家宅邸,跟舞女们厮混在一起,大宴宾客,喝了一整夜的酒。他故意在跟自己地位相若的人们面前装出高人一等的模样,可他实际上早已没有任何优越感可言了。他喝了很多酒,直到午夜过后,晚到不能再晚时,才终于回到自己的床榻上。明明极度疲倦，情绪上却很亢奋，没来由地想要放声大哭，整个人都很绝望，濒临崩溃边缘，他多么想沉沉睡去，为此努力了很久，想方设法培养睡意，最后还是徒劳。此时此刻，悉达多的心中充满了他自认为再也无法继续忍受下去的痛苦，充满了令他感到浑身上下没一处自在的厌恶感，诚如令人作呕的温暾酒味，诚如音调太过腻歪且乏味的乐曲声，诚如舞女们太过妩媚、做作的笑容，诚如她们头发与乳房部位散发出来的浓香。可是相比之下，更令悉达多厌恶的反而是他自己，厌恶自己不断散发出香气的头发，厌恶自己嘴里弥漫出的难闻酒味，厌恶自己身上松弛耷拉、缺乏弹性的皮肤。就好比一个人吃得太多或是喝得太多之后，会痛苦得直接呕出来一样，虽然过程十分难挨，但也会庆幸自己终究还是获得了解脱；此时此刻，悉达多这个失眠者，同样希望自己能够在一阵剧烈呕吐之后，彻底摆脱掉无穷无尽的空虚享乐，摆脱掉自己沾染上的一切恶习，摆脱掉当前这一整个毫无意义的人生，摆脱掉他自己。直到晨光熹微之时，他这栋城区宅邸门外的街道上开始了又一日的喧嚣忙碌，熙熙攘攘的人群再度出现在眼前——直到此刻，他才终于进入睡前那种半梦半醒的恍惚状态，意识在存与不存之间反复拉扯。此时此刻,他做了一个梦。

迦摩罗的黄金鸟笼里,养了一只很稀有的鸣鸟。悉达多梦见了这只鸣鸟。他梦见:这只鸣鸟不再鸣唱,一点声音都没有了。要知道,每逢清晨的这个时候,它都会准时开始这一日的优美鸣唱。悉达多发现了这个异常之处,于是,他走到鸟笼前,往里面一看,结果那只鸣鸟已经死了,全身僵硬地躺在底下。他将尸体取了出来,放在手里掂量了一小会儿,就将它直接扔掉了,扔到了外面的街道上。这一瞬间,悉达多突然感到无比害怕、心痛不已,仿佛扔掉这只已经死去的鸣鸟,等于扔掉自己人生的全部价值,等于扔掉一切的美好。

从这个怪诞的梦中醒来之后,悉达多感觉自己整个人都被浓重的哀戚感包围了起来。毫无价值可言——此时此刻,在悉达多看来,自己这一生过得可真是毫无价值可言,没有任何意义;没有留下任何真正拥有生命力的造物,没有留下任何宝贵的,或者至少是值得保存的遗产。他孑然一身,孤孤单单地伫立于一隅,犹如一具空洞的躯壳,犹如河岸边一艘早已坏掉的弃船。

悉达多的心情很黯淡,他茫然无措地走进一处专门供人游玩取乐的花园里。这处花园本就是属于他的，进去之后，他关上花园门，坐到一棵杧果树下，感受心中遍布的死亡，感受胸口郁结的恐惧。悉达多端坐在那里，感受自己心灵的一切如何走向衰亡、如何走向枯萎、如何走向终结。他渐渐将自己的思绪集中了起来，在脑海中回溯起自己的整个人生历程——从他最早能够记事的那段日子开始。自己究竟是从什么时候开始，确切体会到了幸福滋味的呢？是从什么时候开始，感受到了真正的快乐？噢，对啊，幸福与快乐，在这漫长的人生历程中，他的确经历过好几次。早在童年时期，悉达多就尝到过这种美妙滋味——彼时彼刻，当他通过努力赢得婆罗门赞美时，就已经尝过它了，当时他内心的感受是："康庄大道就摆在你面前，从此以后，要勤勉念诵那些神圣的诗文，经常与学者辩论，在祭祀活动中担任助手，各方面都要表现得出类拔萃。"——仿佛有这样一个声音在叮嘱他。除此之外，悉达多内心的感受还有："康庄大道就摆在你面前，你已受到它的召唤，众神正等待着你的到来。"——仿佛有这样一个声音在鼓励他。然后，到了青年时代，相比较于那些朝着同一方向持续努力的同龄人，悉达多的思考总是能够抵达更高远的目标，这也使悉达多从其他青年婆罗门当中脱颖而出。他曾经投入长期的艰苦努力,挣扎着寻求梵的真谛。哪曾想到,每次抵达新的真知灼见时,每次攀上思考的更高峰时,他竟始终无法获取永恒的安宁,新一轮的收获,只会在他心中引发新一轮的焦渴。于是,在这焦渴之中,在无尽的痛苦中,他的内心再次感受到了同样的东西,再次听到了童年时期曾经听到过的这个声音:"继续!继续!你已受到了召唤!"当他背井离乡,选择追随沙门群体的生活时,曾经听到过这个声音;当他离开沙门群体,前往寻访那位完人时,他又听到了这个声音;再然后,当他离开那位完人,走向未知的俗世时,再一次听到了这个声音。他有多久没有再听见这个声音了?他有多久没有再攀上更高峰了?这么多年以来,他走过的道路是多么乏味、多么贫瘠啊!时光一年接一年地流逝,每一年都过得很漫长,不再有崇高的目标,不再有焦渴的感觉,不再有任何精神层面的提升,从来都只知道满足于微不足道的快乐,却又从来没有真正感到心满意足!这么多年以来,悉达多一直在努力,一直渴望成为跟身边这些人完全一样的人,渴望与天真者为伍,真正成为他们当中的一员。哪曾想到——就连他自己也没有察觉——他所过的人生远比这些天真者更凄惨、更可怜，因为天真者们的人生目标并非悉达多的人生目标，他们的烦忧也并非悉达多的烦忧。由卡玛主这类人所掌控的整个世俗世界，对于悉达多而言，不过是一场游戏，不过是一场让人随意欣赏的舞蹈表演，不过是一出无关痛痒的喜剧罢了。在这个世界上，唯有迦摩罗是他所爱的，唯独迦摩罗是他所珍视的——可是这份爱意、这份珍视，如今还跟当初一样吗？他如今还需要她吗？或者反过来讲，她如今还需要他吗？他们两个岂不是也在玩一场永远走不到终点的游戏吗？有必要为了这游戏而活下去吗？不，根本没有必要！这游戏的名字叫轮回，是专为天真孩童准备的游戏。这游戏啊，当你刚开始玩起来时，或许还称得上有意思，玩一遍、玩两遍、玩十遍——问题在于，真要这样无止无休地玩下去吗？

想到这一点时，悉达多马上就明白了——自己的游戏已经结束了，不能再玩了。一阵寒意瞬间传遍他全身，令他不由自主地颤抖起来。悉达多意识到，在自己内心深处，有什么东西死掉了。

那天，他一直坐在柠果树下，回忆父亲，回忆哥文达，回忆乔达摩，并且反复思考这样一个问题：想当卡玛主,难道就必须远离他们吗?夜幕降临时,悉达多依旧端坐在那里。他抬头仰望星空,心里想着:"我坐在这里,坐在我的杧果树下,坐在我平日游玩的花园里。"想到这些时,他的脸上浮现出一抹微笑——没错,他拥有一棵杧果树,拥有一处花园,可这一切真的有必要吗?真的是正确的做法吗?这岂不还是深陷在愚蠢的轮回游戏里吗?

游戏结束了,此处的一切自然也要结束,此处的一切也必须死在他内心深处。于是,悉达多站起身来,向杧果树道别,向平日游玩的花园道别。此刻,由于一整天都没吃东西,他突然感觉到一阵强烈的饥饿感,同时想起了自家宅邸,想起了家里的房间和卧榻,想起了摆满菜肴的餐桌。他疲乏不堪地笑了笑,晃了一下身体,抖落了这许多东西,挥别了它们。

这天夜里,悉达多离开了自己的花园,离开了这座城市,从此以后,再也不曾归来。卡玛主以为他落入了强盗之手,派人找了他很久。迦摩罗没有派人去找他。当她获知悉达多失踪的消息时,没有感到丝毫惊讶。她岂不是早就料到了这件事吗?他岂不是一直都是个沙门、是浪迹天涯之人、是一位朝圣者吗?他们两个最后一次见面时,令她感受最深的无非就是这些。在永远失去悉达多的痛苦中，迦摩罗也为自己最后一次如此亲密地将他揽入过怀中而感到欣慰。当她回忆他们之间的最后一次交欢时，再次感受到了他当时对自己的完全占有，仿佛整个人都跟她融为了一体。

遥想当初，迦摩罗刚刚收到悉达多失踪的消息时，不知不觉就走到了窗前，那里的黄金鸟笼里囚禁着一只罕见的鸣鸟。迦摩罗打开笼门，将鸟儿取了出来，任由它飞走了。她久久凝望这只飞翔的鸟儿，目光一直放在它身上。自这天起，迦摩罗再也没接待过任何客人，直接将寓所给锁了起来。过了一段日子之后，她才发现，跟悉达多的最后一次交欢，令她怀上了孩子。

# 在河边

悉达多在林间徘徊,此时早已远离了那座城市。他的心中只笃定地知道一件事,除此之外一概不知:再也回不去了,多年以来所过的那种生活,如今已经彻底结束,已经一去不复返了。他早已尝尽了那种生活的滋味,与之相关的一切,早已被他吸吮得一干二净,已到了无比厌恶的地步。他梦见过的那只鸣鸟,死了,他心中的鸟儿,死了。他被轮回深深纠缠住了,被困在同一个地方,厌恶与死亡,自四面八方涌向他,涌入他的灵魂里,就跟海绵吸水一样,随随便便就吸进了那么多,一直要吸到彻底充满、再也容不下一滴为止。他的灵魂如今充满了厌恶、充满了凄楚、充满了死亡。在这个世界上,再也没有什么能够吸引他、令他感到快乐、让他收获慰藉了。

悉达多由衷渴望自己能够抛下与他本人相关的一切,渴望得到彻底的安宁,渴望死亡。唯愿天空突然劈下一道闪电,直接击中他!唯愿林间突然蹦出一只老虎,直接吃掉他!唯愿能够拿到一杯美酒,里面下了剧毒，喝下一口就将他给迷晕过去，让他忘记一切，永远沉睡，不再醒来！在这人世间，还有哪种污垢是他不曾沾染过的？还有哪份罪孽、哪项蠢行是他不曾触犯过的？还有哪种心灵上的荒芜是他不曾体验过的？事已至此，他还可能继续苟活下去吗？还可能继续恬不知耻、一次接一次地吸气与呼气，感到饥饿，再去吃东西，再去睡大觉，再去跟女人厮混到一起吗？对于悉达多而言，这样的轮回岂不是早就山穷水尽、早就正式宣告结束了吗？

走着走着，悉达多来到了丛林中的一条大河旁。这里正是多年以前，当悉达多还很年轻的时候，从乔达摩所在的舍卫城出来，一位摆渡人用竹筏送他过河的地方。他在河边停下脚步，犹豫不决地站在河岸上。此时此刻，疲劳与饥饿已经令他整个人都变得虚弱不堪，几乎迈不开步了。既然如此，继续走下去还有什么意义？他到底要去哪里、到底有什么目标？没有了——已经没有任何目标了，徒留一份深深的、悲戚的渴望，渴望摆脱这荒芜的幻梦，渴望吐出腐败变味的陈酒，渴望结束这凄惨可耻的人生。

河岸上的某处，弯弯曲曲地朝着河面探出一棵树，树身悬空在河面上，是一棵椰子树。悉达多将一侧肩膀紧靠在树干上,伸出一只胳膊,搂住树干,俯身朝下望去:碧绿的河水,在他脚下一刻不停地奔流,一去不返。他目不转睛地凝视着下方奔涌的河水,发现自己的内心此刻已被一个无比强烈的心愿填满:直接松手,坠落下去,沉到这水中去。想到这时,一种阴森恐怖的虚无感,旋即从河水中倒映上来,刚好回应了他灵魂深处同样阴森恐怖的空虚,交相辉映,转眼融为一体。没错,此生已走到尽头。对于此刻的悉达多而言,除了进行自我毁灭,除了彻底粉碎这一败涂地的人生,除了将生命丢弃在此刻正毫不留情嘲笑着自己的神明脚下之外,再也没有别的出路了。这正是他渴望已久的剧烈呕吐,直接从人生中将自己整个吐出来:死亡,他无比憎恨的这副躯壳,将因此而遭到彻底破坏!唯愿鱼群将自己吃干抹净,将悉达多这条野狗,这个疯子,这腐朽的躯壳,这堕落沦丧、受尽折磨的灵魂——统统吃掉!唯愿鱼群和鳄鱼联合起来,将他吃干抹净!唯愿恶魔出手,将他碎尸万段!

悉达多面目狰狞,目不转睛地凝视着河水,看到自己的脸倒映在水中,瞬间感到无比憎恶,不禁朝它吐了一口唾沫。深切的疲惫征服了悉达多,他松开搂住树干的手臂,稍微转过身来,好让自己垂直地坠入水中，最终沉底。他开始坠落，闭着眼睛，朝着死亡挺进。

就在这一刹那，自悉达多灵魂深处某个遥不可及的角落，自他这疲倦一生的诸多往事之间，有个声音猛地抽动了一下。那是一个字，是一个音节，他不假思索地就开始用含混不清的声音念诵了出来。那正是所有婆罗门祈祷文的开头与结尾都会用到的古字，万字之首，神圣的"唵"，其意义千变万化、包罗万象，指向"完满"或"完熟"。就在"唵"的声音触碰到悉达多耳膜的那一瞬间，他沉睡已久的心灵猛一下苏醒过来，同时意识到自己此刻的行为是多么愚蠢。

醒悟过来的悉达多深受震撼，如今的他，情况竟是如此：自我完全迷失，歧途误入已久，真知与教诲被抛弃得一干二净，做人一败涂地、一无所有，此刻甚至还打算直接拥抱死亡、一劳永逸，人生道路，他根本不打算继续走下去。不过话说回来，尽管悉达多此刻已重获清醒，这个求死的愿望，这个孩童般天真的渴望，竟然还在他心中继续滋长：通过毁灭自己的肉体来换取最终的安宁！对于当下的状况而言，这行为可谓合情合理。谁能想得到，在这生命的最后时光里，一切痛苦、一切幻灭、一切绝望加在一起都没能实现的心愿，竟在"唵"字洞穿悉达多自我意识的一刹那间，成功得以实现了：在濒死之前无可比拟的苦楚与狂乱中，悉达多重新认清了自己。

"唵！"悉达多对自己念诵道："唵！"这一瞬间，他想通了梵的真谛，想通了生命的不死不灭，想通了他早已遗忘的一切神圣教诲。

尽管如此，这一切也只发生在须臾之间，发生在心念电转之间，犹如一道闪电，直接击中了悉达多。在椰子树脚下，悉达多无比疲惫地躺下，嘴里喃喃念诵着"唵"，脑袋靠在树根上，化险为夷，沉沉睡去。

悉达多睡得很沉很沉，没有任何梦境浮现，他已经很久没有像这样熟睡过了。几个牟呼过后，他醒转过来，仿佛时间已过去了十年。恍惚之间，他听见潺潺流水声，不知自己身在何方，不知是谁将自己带到了这里。他睁开眼睛，看见头顶的林木与天空，颇感讶异，开始回想自己究竟在哪里，究竟是怎么来到这里的。他花费了很长时间才逐渐回想起来关于自己的一些事情，因为对于眼下的他而言，过去的一切仿佛都被一层薄纱给遮住了，一切都显得无限遥远，无比朦胧，无关紧要。他只知道自己此刻已经远离了过去的人生，过去的人生就跟前世一样虚无缥缈（在刚开始进行沉思、回忆的那一刻，悉达多忽而意识到，自己过去的人生，就像一个无限遥远之前世的具象化身，就像现在这个"我"的上一世投胎）——在此之前，他离弃了过去的人生，心中充满了厌恶与苦楚，甚至打算舍弃自己的生命。可是他走着走着，来到一条河边，在一棵椰子树下，唇边念诵着神圣的"唵"，回归了自我，然后就沉睡过去了。过了一段时间，他又醒转过来，开始以全新的面貌审视这世界了。他低声念诵着"唵"，不久以前，"唵"字起了作用，带他进入了沉睡。在悉达多眼中，之前几个牟呼的沉睡，不过是一次持续较长时间的全神贯注的念诵：一次对"唵"的念诵，一次以"唵"为主题的冥想，全身心地沉浸到了"唵"中，完完全全地进入了"唵"的内部，抵达了无可名状的完满境界。

这是一次多么美妙的熟睡啊！在此之前，还从来没有哪次睡眠能够令他感到如此神清气爽、焕然一新，整个人仿佛已经返老还童、重获新生！或许他之前真的已经死掉了，已经死过一次，肉体已经彻底消亡，现在又以崭新的肉体转世重生，已经完全不是过去那个悉达多了？可惜不是，他熟悉自己的肉体，熟悉自己的手和脚，熟悉自己眼下躺着的这个地方，熟悉自己胸腔中藏着的这个"我"——还是这个悉达多，还是这个固执之人，还是这个特立独行者。不过话说回来，这个悉达多的身上也确实出现了一些变化，焕然一新，很明显，他睡足了觉，整个人格外清醒，心情愉悦，对周遭一切都充满了好奇。

悉达多直起身来，忽然看到自己对面坐着一个人，是个陌生男人，身穿黄色长袍，剃了光头，显然是一名比丘，摆出了沉思端坐的姿势。悉达多仔细端详了一番这个既没有头发也没蓄胡须的男人，没看多久，他就认出这位比丘正是哥文达，他年轻时的挚友，皈依了受众生景仰的在世活佛之后再也没有见过面的哥文达。哥文达老了，悉达多也老了，尽管如此，哥文达的面容依旧带有昔日的特征，显露出热情、忠诚、探求欲与敬畏之心。此时此刻，哥文达也察觉到了悉达多投来的目光，于是睁开眼来看悉达多，可是悉达多这时却发现，哥文达并没有认出自己。虽然没有认出悉达多，但哥文达发现悉达多终于醒了，还是表现得很高兴。他显然已经在这里坐了很久，耐心等待他醒来，尽管并没有认出他是谁。

"我刚才睡着了。"悉达多说，"你怎么会在这里？"

"你睡着了。"哥文达回应道，"在这种有毒蛇出没、有野兽常驻的露天位置睡觉是很不妙的。我啊——噢，这位先生——我乃受众生景仰的尊者、释迦牟尼、在世活佛乔达摩之下的一名弟子，方才正跟其他一些弟子走这条路去朝圣。我偶然看见你躺在这里，在这么一个不适合睡觉的危险地方睡觉。也正因此，我马上试图喊醒你，噢，这位先生，你睡得实在是很沉，我喊不醒你，只好让队伍先走，自己单独留下来，坐在你身边守护你。再然后，看目前这个情况，恐怕连我自己都睡着了。唉，我原本是打算守护你睡觉，等你睡醒就走的。我没尽到自己的责任，远行的疲惫感征服了我。无论如何，现在你总算醒了，我可以走了，请允许我这就动身，尽快赶上前方的弟兄们。"

"我可真要感谢你，沙门，感谢你守护我睡觉。"悉达多说，"你们这些尊者的弟子，可真是友好又善良。那就请你赶紧动身吧。"

"既然如此，那我就走了。这位先生啊，愿你永葆安好。"

"谢谢你，沙门。"

哥文达做了个致礼道别的手势，开口道："再见啦！"

"再见啦,哥文达。"悉达多说。

比丘没有挪步,伫立原地。

"请允许我询问一下,这位先生啊,你是怎么知道我名字的?"

悉达多的脸上露出了微笑。

"我本来就认识你。噢,哥文达啊,当我们还在你父亲的那座小屋里时,我就认识你;当我们在那所婆罗门学校里学习时,我就认识你;当我们一起参加祭祀仪式时,我就认识你;当我们一起加入沙门群体时,我就认识你;当你在祇园精舍皈依了活佛,我们彼此挥别、天各一方时,我就认识你。"

"你是悉达多!"哥文达大声喊道,"现在我认出你来了,我不明白之前是怎么回事,我怎么没有一眼就认出你……由衷欢迎你,悉达多,久别重逢,我可真是开心坏了。"

"能够再次见到你,我也很高兴。刚才那种情况下,你一直守护我睡觉,我要为此再次感谢你。不过话说回来,我其实并不需要专门的守护者。噢,我的挚友啊,你此行路在何方?目的地是哪里?"

"我没有什么特定目的地。我们这些比丘,总是从一处辗转到另一处,只要不是雨季,我们就总是选择云游四方，践行戒律，宣讲教诲，乞食化缘，接受施舍，不断前行。总是如此。你怎么样，悉达多，你此行路在何方？目的地是哪里？"

悉达多说："我眼下的情况跟你完全一样，挚友啊，我哪儿也不去，没有目的地，只是在路上而已。我去朝圣。"

哥文达说："你说自己要去朝圣，我当然相信你。可是，请原谅我的冒昧，悉达多，你看起来一点都不像朝圣者。身上穿的是富人的衣服，脚上踏的是贵族的鞋子，头发散发出芬芳甜美的香水味——这可不是朝圣者该有的头发，这也不是沙门该有的头发。"

"很好，亲爱的朋友，你观察得倒是挺仔细，一切秘密在你敏锐的目光下都无所遁形。不过话说回来，我也并没有跟你说我现在还是沙门啊，我的原话是：我去朝圣。事实当然也是如此：我去朝圣。"

"你去朝圣，好吧。"哥文达说，"可是实际上，几乎没人会穿这样的衣服、踏这样的鞋子、留这样的头发去朝圣。我朝圣多年，从未见过像你这样的朝圣者。"

"我相信你所讲的情况属实，我亲爱的哥文达啊。可是现在呢，今时今日，你刚好遇到了这样一位朝圣者，踏这样的鞋子，穿这样的衣服。亲爱的挚友啊，请你记住：表象世界瞬息万变，一切看似固定不变的规律，其实都是稍纵即逝，无一例外。这其中最多变的往往是我们身上穿的衣服、精心打理的发式，头发与身体本身亦如是。我身上穿着富人的衣服，你的确没看错。我之所以穿着这身衣服，只因为我曾经是个富人；我的头发，梳得跟俗世凡尘中那些酒色之徒一样，跟那些俗不可耐的人一样，只因为我也曾经是他们当中的一员。"

"那么现在呢，悉达多，现在你又是什么人？"

"我也不知道，我对眼下这个自己的了解，就跟你一样少，只知道自己还在路上，生活还要继续下去。我曾经是个富人，现在已不再是了，至于明天将成为什么，现在当然也不知道。"

"你失去了自己名下的财富，对吗？"

"我失去了财富，或者说，财富失去了我。不管怎么说，反正财富已跟我一拍两散。万千表象之轮，转动起来总是很迅速的，哥文达啊，你可知道，身为婆罗门的那个悉达多，如今身在何方？身为沙门的那个悉达多，如今身在何方？富可敌国的悉达多，如今身在何方？表象瞬息万变，哥文达啊，你是知道的。"

哥文达一言不发,注视着眼前这位青年时代的挚友,注视了他许久,眼中充满了疑虑与困惑。再然后,哥文达用对待贵族的礼仪,向悉达多行了个礼,就启程离开了。

悉达多目送哥文达远去,脸上始终带着微笑。他还是很爱哥文达,爱这位忠诚的人、这位满怀敬畏之心的人。此时此刻——在这个尽情享受了美妙熟睡的美好时刻,在这个全身心地沉浸在"唵"中的美好时刻,悉达多怎么可能不去爱某个具体的人呢?怎么可能不去爱上些什么呢?在熟睡过程中,在"唵"的帮助下,悉达多的内心仿佛被施了魔法:他爱上了一切,将满怀喜悦的爱意毫无保留、雨露均沾地倾注于周遭所见的一切。现在他开始觉得,在此之前,自己的心灵之所以会病入膏肓,自己这个人之所以行将就木、徘徊在死亡边缘,不是因为别的,恰恰因为他无法去爱——无法爱上周遭的一切,无法爱上身边的任何人。

悉达多面带微笑,注视着那位渐渐远去的比丘。良好的睡眠令他精神大振,可是与此同时,饥饿也在折磨着他:毕竟已经两天没吃任何东西了,而且,他能够轻轻松松忍饥挨饿的那个人生阶段也早就过去了。悉达多开始回忆起那段时光,整体是凄苦的,但偶尔也会有欢笑。他还记得，当年曾在迦摩罗面前自夸，说自己拥有三种极为擅长的技艺，掌握了三样高贵又稀罕、寻常人根本不可能匹敌的本事：斋戒禁食——等待——思考。这三样本事就是他的私人财产，是他的权柄和实力，是他的坚实后盾。在那无比遥远的青春岁月里，勤奋又刻苦的他，通过长时间的艰苦努力，好不容易才学会了这三样本事。除了这三样本事之外，他就再没有其他值得一提的能耐了。可是如今，就连这三样本事也已离他远去，不再归属于他，他早已不再禁食、不再等待、不再思考了。为了获得最可鄙、最易逝的俗物，为了获取感官上的欢愉，为了在生活中享乐，为了占有财富，他竟放弃了这三样本事！悉达多命运的起落真令人感慨，以他如今的处境来看，在这一无所有之时，他似乎真成了天真者们当中的一员。

悉达多思考着自己当下的处境。如今他感到思考本身已变得难于登天，他根本就不想思考，尽管如此，他仍然强迫自己去思考。

他心想，眼下那些最易逝的俗物又统统从我身边溜走了，一切宛似过眼云烟，我终于又站在了太阳底下，就跟多年以前我还是个小孩子时一样，没有任何区别。在这世界上,没有什么是属于我的,没有什么是我能做到的,没有什么是我能想明白的,没有什么是我学会了的。这种状况可真是太奇怪了!如今我已不再年轻,如今我的黑发早已半白,如今我的体力持续衰退,既已如此,竟又要从头再来,而且还得从孩提时代起步!想到这里,他的脸上不得不露出一抹苦笑。是啊,他的命运可真是太奇怪了!他眼下的处境可真是太奇怪了!先是走下坡路,各方面都衰颓,如今又空空如也、一丝不挂、愚不可及地重新站到了这世界舞台上。尽管如此,他也并不为此感到悲哀,不,不仅不悲哀,他的心中甚至还涌起了一阵想要放声大笑的冲动,笑他自己,笑这个怪诞、愚妄的世界。

"你啊,干脆就随波逐流吧。"悉达多自言自语地说道,说完之后,又因为这句话而大笑。当他说这句话的时候,目光落在了河面上,看见河水也在往下游流淌,持续不断地朝着下游流淌,潺潺流动,仿佛正在欢快歌唱,唱个不停。这个发现令他感到无比开心,于是朝着河水露出了友善的微笑。这不就是自己一度想要投河自尽的那条河吗?同一条河,是在一百年前,还是只在梦里见过?

"我所过的人生,确实很奇怪,"他心想,"走了许多奇怪的弯路。小时候，我只与神灵和祭祀打交道，别的一概不知、一概不问。青年时期，我只与苦修主义、思考与冥想打交道，追寻梵的真谛，崇拜阿特曼中的永恒。当我还是个年轻小伙子时，我决心跟随那些忏悔者，生活在丛林里，忍受酷暑与严寒，学会了如何挨饿，学会了如何让自己的身体枯竭。接下来，在那位伟大在世活佛的教诲下，我又无比奇妙地获得了真知。当时的我，能够很清楚地感觉到，万事万物俱为一体的认知，如我自身的血液一般，在我体内循环不止。尽管如此，我却不得不挥别在世活佛，告别他四处宣讲的伟大真知，走上一条独自求索的道路。我远远离开，在迦摩罗那里学会了爱欲游戏，在卡玛主那里学会了从商，学会了敛财，学会了挥霍，学会了纵容口腹之欲，学会了谄媚自己的感官。我空掷了多年的大好光阴，埋没了心灵，荒废了思考，忘掉了统一性。如今发生的这一切，就仿佛我花费了极长时间，缓慢地绕了一个大圈，从大男人变回了小孩子；从一位思考者、求索者，变成了天真者。在我身上发生的一切难道不是这样吗？无论如何，这条道路的确也曾繁花似锦，我胸中的鸟儿至今也仍未死去。可是，一旦回首此生，就会发现，我所走过的是一条多么崎岖难行的道路啊!我不得不去经历如此之多的愚蠢,如此之多的罪孽,如此之多的错误,如此之多的厌恶、失望与苦楚,只为重新成为一个孩子,只为回到这个起点,重新开始。可是,这条道路也的确是正道,我的心对此表示了赞同,我的双眼为此而欢笑。我必须体验绝望,我必须一路沉沦,直到催生出那个最愚不可及的念头——直到催生出自杀的念头,唯有如此,才可能得到宽恕,才可能再次听到"唵",才可能再次正常入睡,才可能正常醒来。为了在内心深处重新找到阿特曼,我不得不变成一个傻瓜。为了重获新生,我不得不犯下罪孽。事到如今,我所走的这条道路将通往何处?这条道路啊,它才真是愚不可及,它的路径循环往复,或许一直都在原地打转。随它去吧,无论通往何处,我都会继续走下去。"

想到这些时,悉达多感受到了胸中涌动的喜悦,这感觉实在是太奇妙了。

于是,他直接询问自己的内心,问它:这种喜悦感究竟从何而来?是因为我这一觉睡得如此之久,睡得如此之好吗,还是来自我所念诵的"唵"字呢,抑或是来自我对过往生活的逃离?如今我总算成功逃离了过去的一切,终于重获自由,像个孩子一样,无牵无挂,重新站在了苍穹之下,是因为这个吗?噢,卸下重担、重获自由,这是多么美好的事情啊!这儿的空气是多么纯净、多么美好,呼吸起来是多么舒服、多么美妙!遥想过去,在我逃离的那个地方,一切都散发出油膏、香料、美酒、奢靡与懒散的气味。我是多么痛恨那个遍布有钱人、暴食者、滥赌鬼的世界啊!我是多么痛恨我自己,恨我自己在那恐怖世界里待得太久!我这么痛恨自己、这么挥霍自己、这么毒害自己、这么折磨自己,终于令自己变成了既衰老又邪恶的丑陋模样!不会了,我再也不会像以前那样自以为是,幻想悉达多是个出类拔萃的智者!不过话说回来,至少有一点我做得很好,至少有一点令我感到尤为满意,至少有一点我必须大加赞美,那就是——眼下我终于取缔了对自己的痛恨,结束了愚不可及、乏味无趣的既往生活!我要高声赞颂你,悉达多啊,在经历了这么多年的愚昧之后,你终于再次有了自己的想法,终于真正做了些值得去做的事情,终于听见了胸中鸟儿的歌唱,终将跟随它飞翔远去!

悉达多就像这样不停赞颂着自己,对自己当下的状态感到十分满意,甚至还无比好奇地倾听肚子里饿得咕咕叫的声音。在城市里最后的那段时光、最后的那段日子里，悉达多很清楚地感觉到，自己已经在大口大口地吞食苦楚、大口大口地吞食悲戚了，不止将苦楚与悲戚整个吞食下去，之后还要整个呕吐出来，然后再吞下去，再吐出来，反反复复，直到无比绝望，直到情愿主动赴死的地步。这样其实也挺好。否则他肯定还会在卡玛主那里耽搁很长一段时间，继续赚取钱财、挥霍钱财，继续养肥自己的肚子，让自己的心灵彻底干涸；否则他肯定还会在那个极尽温柔、极其舒适的地狱里生活很长一段时间。假如真是那样，如今的这一切就不会发生了：在那个彻底无助、彻底绝望的时刻，千钧一发之际，他高悬在奔流不息的水面上，已经准备就绪，已然决定要放弃生命、毁灭自己。彼时彼刻，他切实感受到了这种登峰造极的绝望、这种最深切的自我厌恶，但他并没有就此屈服，没有向绝望和厌恶缴械投降。那只鸟儿啊，快乐的源泉，美妙的鸣唱，依旧活跃在他心中。他为此感到喜悦，为此放声大笑，花白头发下的脸庞为此容光焕发。

"这样真挺好的，"他心想，"将理应了解的一切，以人生为代价，逐个取过来，亲自舔尝。世俗世界的感官欢愉和财富都不是什么好东西，这个道理我很小就学过了。可是，道理虽然早就知道，现在我才真正体会到——现在我才真正理解了它，不仅用脑袋牢牢记住了它，还用我的双眼、我的心灵、我的肚皮反复体验了它。这个道理啊，现在我总算弄懂了！"

他久久思考着自身的转变，久久聆听鸟儿欢快的鸣唱。这只鸟儿之前不是已在他心中死去了吗？他不是早就感应到鸟儿的死亡了吗？不，不是这只鸟儿——死去的是他心中的另外一种东西，死去的是某种他渴望死亡已久的东西。是啊，死去的不就是他在无比狂热的忏悔岁月里千方百计想要扼杀掉的东西吗？岂不就是他的"我"之执念吗？岂不就是他那渺小焦虑却又无比骄傲的自我吗？悉达多跟这个"我"缠斗了那么多年，"我"却一次又一次地打败悉达多，令他一次又一次地遭遇失败。每次挣脱"我"之执念、好不容易压制住自我之后，没过多久，"我"就毫发无伤地再次出现，不允许悉达多继续感受无"我"之乐，只允许他承受有"我"之苦——经过了持续多年的缠斗之后，今天，在这可爱河边的林地间死去的，岂不就是这东西吗？不正是因为这东西的死亡，悉达多现在才能像个孩子一样，满怀信心、无所畏惧、无比快乐吗？

此时此刻，悉达多总算明白了过来，搞清楚了下面这个困扰他多年的疑惑：想当初，他身为一名婆罗门、身为一个忏悔者，在跟"我"之执念的缠斗较量中，为什么总是徒劳无功？原来是太多的知识阻碍了他！太多的吠陀典籍、太多的祭祀规矩、太多的锻炼苦修、太多的行动与努力阻碍了他！他曾经无比骄傲、自视甚高，觉得自己永远都是最聪明的，永远都是最热忱的，永远都比任何人更快一步，永远学识渊博，永远志存高远，永远都是婆罗门祭司或智者。悉达多的"我"之执念，如游蛇一般，爬进了他的祭司身份里面，爬进了他所持有的这种骄傲里面，爬进了他所拥有的这种睿智里面，牢牢盘踞，不断生长——这种情况下，他还指望能够用斋戒和忏悔来扼杀它呢。现在他总算醒悟了，知道那个发自他本人内心的神秘声音是对的，任何老师都无法帮助他，任何教诲都无法拯救他。也正因此，他才不得不遁入尘世，在欲望与权力、女人和金钱之间迷失自我，成了一名商人、一个赌徒、一介酒鬼、一个无比贪婪的人，长久沉湎于此，直到他心中的祭司和沙门彻底死去。也正因此，他才不得不继续容忍丑陋不堪的岁月，不得不继续容忍心中的厌恶之情，不得不继续容忍这贫瘠、迷失人生的空虚与徒劳，一直容忍下去，直到一切濒临终结，直到苦涩的绝望袭来，直到纵容感官享受的悉达多、利欲熏心的悉达多死去。悉达多死了，一个崭新的悉达多自熟睡中醒来。这个悉达多也会老去，这个悉达多也会有死去的一天，所有悉达多都稍纵即逝，每种生命皆是如此。但至少今天他还年轻，还是个孩子，还是崭新的悉达多，心中还满怀着喜悦。

悉达多一边思考着这些，一边微笑着聆听自己肚子里的响动，与此同时，他也在心怀感激地聆听一只蜜蜂发出的嗡嗡声。此刻，他心情愉悦地凝视着眼前不断奔涌前行的河水——从来没有哪条河能够像这条河一样，令他感觉如此欣喜；从来没有哪处的河水能够像此处的河水一样，发出如此强而有力、如此悦耳动听的流水声。他依稀觉得，河水似乎想要告诉他某些特别的事情，某些他目前尚未知道的事情，某些仍在等待着他去理解的事情。今天，悉达多一度想要在这条河里淹死自己——事实上，他内心深处那个衰老、疲惫、绝望的悉达多，今天确实已经在这条河里淹死了。尽管如此，这个崭新的悉达多反而深深爱上了这奔涌的河水，心中暗暗决定，不要这么快就离开它。

# 摆渡人

我想留在这条河边,悉达多心想,这正是我当年前去寻找那些天真者时沿途经过的那条大河。遥想当年,有一位亲切友好的摆渡人,用他的竹筏送我过了河,现在,我要到他那里去看看。遥想当年,从摆渡人的茅草屋出发,我所踏上的道路,引领我走进了一种在当时看来尚且是全新的生活。如今再看,那种生活已然衰老、败亡了——唯愿我现在所选择的道路、唯愿我现在所过的另一种全新生活,能够以那里为起点!

悉达多注视着奔涌的流水,注视着清澈透明的碧绿河面,注视着河面上浮现出的神秘画作,注视着画作上那些如水晶般晶莹剔透的线条,眼神无比温柔。他看见一串串明亮的气泡如珍珠般自河底升腾而起,这些恬静可爱的气泡在平稳如镜的水面上遨游,青空湛蓝,犹在镜中。此刻的河水,仿佛正用千万只眼睛注视着他,绿色的眼睛、白色的眼睛、透明的眼睛、天蓝色的眼睛,每只都注视着悉达多。他多么爱这河水啊!这河水令他感到心醉神迷,他多么感激这河水啊!此时此刻,悉达多听见自己心里有个声音在讲话,刚刚被唤醒的这个声音对他说道:爱这河水吧!留在这河水身边!向这河水学习吧!噢,没错,他很愿意向这河水学习,很愿意倾听这河水发出的声音。在他看来,无论是谁,只要能够理解这河水、理解这河水所包罗的秘密,就能触类旁通地理解其他许多东西、理解其他许多秘密,甚至理解世间所有的秘密。

不过话说回来,悉达多今天也只看出了这河水精心匿藏起来的众多秘密当中的一个,仅此而已。尽管如此,这唯一一个被揭示出来的秘密,还是紧紧抓住了悉达多的心,震撼了他的灵魂。他看到:这河水流淌复流淌,一直在往前流淌,没有哪一刻停歇;可是与此同时,这河水又时刻停留在原地,时刻保持着原样;但又不能说完全保持原样,因为这河水每时每刻都是全新的![1]噢,谁能想明白这个秘密?谁能理解这个秘密?他没想明白,没能理解,没办法抓住问题的症结。相比之下,他只能感觉到有某种暗示在灵魂中

---

[1] 此处关于流水的思辨典出《华严经》,该经为佛陀证悟涅槃后对诸菩萨宣讲法界情况的记录,是大乘佛教最重要的典籍之一。

涌动，是某段极为遥远的回忆，是某个无比神圣的声音。

悉达多站了起来，体内的饥饿感翻涌起伏、愈演愈烈，早就令他感到无法忍受。于是，他只好咬牙坚持，沿着河岸边的小路逆流而上，继续前行，一边倾听绵延不断的水流声，一边聆听辘辘饥肠的哀鸣。

当悉达多抵达渡口时，竹筏依旧停在原处，当年送年轻沙门渡河的摆渡人，依旧站在筏子上。悉达多认出了摆渡人，他也上了年纪，看上去衰老了许多。

"你愿意送我过河吗？"悉达多问道。

一位如此体面的先生，竟独自步行到这荒郊野地里来，摆渡人看到这一幕，感到颇为惊讶，赶紧将悉达多接到筏子上，竹竿一撑，开始渡河。

"真是恬静惬意的生活啊，这就是你的选择。"客人开口道，"细想想看，这种生活必定无比美好：每天都待在水边，在这水面上航行。"

撑竹竿的摆渡人听到这番话，脸上浮现出微笑，一边左右摆动身体，一边回应道："的确美好，先生，的确如此，就跟你所讲的一样。可是话说回来，每一种生活、每一项工作，岂不都有其美好之处吗？"

"或许真是如此。可我之所以会这么说，主要还是因为羡慕你所过的生活，羡慕你所做的工作。"

"哎呀呀，你恐怕很快就会对这一切失去兴趣。这种生活虽好，毕竟不适合身穿华贵衣裳的人物。"

悉达多大笑出声："你不知道，我今天已经因为这身华贵衣裳而遭人误会、猜测过了。摆渡人啊，请你帮我一个忙，能不能收下我这身讨厌的衣裳？你要知道，眼下我根本没钱支付渡河所需的费用。"

"这位先生是在开玩笑了。"摆渡人哈哈大笑。

"我没有开玩笑，朋友，瞧瞧，多年以前，你也曾用自己的竹筏载我渡过了这片水域。当年我身无分文，只得如实告知，你很好心，分文未取。今时今日，我同样身无分文，所以，还是请收下我这身衣裳，作为渡河的酬劳吧。"

"假如我现在收了这身衣裳，后面的旅程，先生岂不是要在不着寸缕的情况下继续前行？"

"哎呀呀，眼下我宁愿结束旅程，别再继续前行才是最好的。对我而言，目前最合适的选择，恐怕还是——摆渡人啊，恕我直言——恐怕还是要请你在收下衣裳之后，顺手给我一条旧的裹身裙①，允许我留在你身边，当你工作上的助手；或者讲得更确切些，当你手下的学徒：毕竟助手不能说当就当，我必须先学会如何操纵这条竹筏。"

摆渡人开始细细端详起眼前这位陌生人，上下打量了他好半天。

"现在我认出来了，原来是你。"他最后总算开口道，"你曾经在我那间茅草屋里留宿过，很久以前的事情了，距离现在恐怕已经有二十多年了吧。遥想当年，我送你过了河，抵达彼岸之后，我们就跟相识多年的至交好友一般，互相道了别，从此再也没见过面。你当初不是一位沙门吗？你的名字我现在绞尽脑汁也想不起来了。"

"我名叫悉达多。你说得没错，上次你见到我时，我的确是一个沙门。"

"原来如此，欢迎归来，悉达多。我名叫婆薮提

---

① 原文为 Schürze，此处对应了印度摆渡人的传统服饰，一种裁剪巧妙、缝制简单的裙装，面料轻便耐磨，可以裹住全身，防止日晒与蚊虫叮咬。如今大部分的恒河摆渡人依旧坚持身穿裹身裙，这一服饰形制数千年来几乎未发生过任何变化。

婆①。时移世易,我仍希望一切如昨——希望你还能继续当我的客人,继续睡在我的茅草屋里;希望你可以给我讲讲,你从何处来,你这一身华贵衣裳,为何令你感到如此厌烦,为何想要将它抛弃。"

此刻,他们两个已来到河中央,婆薮提婆更加用力地划动竿子,操纵竹筏逆流而上。只见他有条不紊地忙活着,神态平静,目光注视着竹筏前端,双臂很有劲。悉达多坐在一旁,看着他,不觉回想起自己沙门时代最后一天曾经发生过的一切。早在那个时候,悉达多的心里就已经对眼前这个男人产生了莫大的好感。于是,他感激地接受了婆薮提婆的邀请。抵达彼岸之后,他主动帮摆渡人将竹筏绑在了木桩上。接下来,摆渡人请他进了茅草屋,给他端来了干粮和水。悉达多开开心心地用了餐,婆薮提婆又给他端来了杧果,他也津津有味地吃掉了。

餐饮既毕,他们两个走到河岸边的一根圆木旁,坐了下来。此时已近日落时分,悉达多向摆渡人讲起了自己的出身,讲起了过往的生活,绝望时刻的一幕

---

① Vasudeva,印度常见人名。古印度摩揭陀国甘婆王朝的建立者即为婆薮提婆,此处黑塞为摆渡人取这个名字,明显是为了呼应佛陀的摩揭陀国经历,与舍卫城部分对应,参见第36页注①。

一幕犹在眼前，仿佛一切就发生在今天。悉达多的讲述一直持续到了深夜。

婆薮提婆全神贯注地聆听着，在聆听的过程中，他逐渐知晓了关于悉达多的一切：出身与童年，各个领域内的求学，各个方向上的求索，各种各样的快乐，各种各样的困苦。在这位摆渡人所拥有的诸多美德之中，出类拔萃的不少，聆听正是其中之一：很少有人懂得像他那样聆听。整个过程中，婆薮提婆本人都保持沉默不语的状态，始终不曾讲出哪怕一个字。尽管如此，讲述者却总能切实感受到，婆薮提婆的聆听是多么安静、坦诚、满怀期待，他的聆听是多么仔细，没有遗漏讲述中的任何细节，没有以不耐烦的态度面对任何内容，从来也没有责备的意思，只是聆听。在这样一个过程中，悉达多逐渐意识到，能够向这样一位聆听者无所顾忌地剖白自己，倾诉自己的人生、自己的追求、自己的苦难，是多么幸福的一件事情。

当悉达多的讲述接近尾声时——当他讲到河边那棵树，讲到自己仿佛深深坠落、沉入河底，讲到那神圣的"唵"字，讲到他沉睡许久之后终于醒来，如何对这河水产生了无比深厚的热爱时，摆渡人对于聆听也非常配合地投入了加倍的专注。此时此刻，摆渡人已完全、彻底地沉浸到了聆听当中,他双眼紧闭,注意力高度集中,仿佛也身临其境了似的。

当悉达多重新回到沉默不语的状态,并且沉默了很长时间之后,婆薮提婆才终于开口说道:"诚如我方才之所想,河水主动与你取得了联系。照此看来,它也将你视作了朋友,它也会跟你交谈。这是好事,这是非常好的事情。跟我一起在河边生活吧,悉达多,我的朋友。我曾有过一个妻子,长久以来,她的卧榻都在我的旁侧,可她很久以前就去世了,我独自一人生活了很多年。现在你来了,你就跟我一起生活吧,这里有足够的空间、足量的食物,足以供我们两个过活。"

"我感谢你,"悉达多说,"我由衷感谢你,也愿意接受你的提议。除此之外,婆薮提婆啊,我还要为另外一件事向你道谢——感谢你的聆听,感谢你以如此之好的方式回应了我的倾诉!在这世界上,真正懂得如何去聆听的人实在很少。在此之前,我还从未见过像你这样精通聆听的人。在这样本事上,我也要努力向你学习。"

"你会学到这样本事的,"婆薮提婆回应道,"但不是从我这儿学。聆听的本事,是河水教给我的,所以,你以后也要跟它学。河水啊,它知晓一切,一切都可以从它那里学到。瞧瞧,此时此刻,你其实已经从河水那里学到了一课,那就是竭尽全力向下,一路沉到底,想方设法地去探索深处,这对你而言无疑是极好的。家财万贯、身份高贵的悉达多,摇身一变,当上了撑竿子的杂役;博学多才的婆罗门悉达多,转眼之间,竟也成了一名摆渡人:这一系列变化,同样也是河水传授给你的。过不了多久,你还会从河水那里学到另一样东西。"

悉达多再开口时,又经过了很长一段时间的沉默:"即将学到的另一样东西是什么呢,婆薮提婆?"

婆薮提婆站了起来。"时候不早了,"他说,"我们去睡觉吧。至于另一样东西具体是什么,我没有办法讲给你听,噢,朋友啊,不管是什么,你终归会学到的——你这么聪明,兴许现在就已经猜到了。瞧瞧,我本人并非学者,既不懂得如何去讲,也不知道如何去想。我懂的唯有聆听,唯有真心实意,除了这两样之外,再没有其他本事了。假如我跟学者一样会讲,什么都能描述出来,精通言传,兴许也能成为一位远近闻名的圣贤,可我事实上只是个摆渡人而已,我的工作就是送人们渡河。长久以来,已经有很多人被我顺利送到了彼岸,迄今已有成千上万人之多。在他们眼中,我的这条河,不过是他们漫长旅途中诸多障碍里的一个罢了。他们为了赚取金钱、张罗生意、参加婚礼、远行朝圣等等目的,踏上了各自的旅途。走着走着,这条河突然出现,挡住了他们的去路。与此同时,摆渡人也出现了,搭上竹筏,可以让他们迅速越过眼前的障碍,继续前行。可是,在这成千上万人当中,总有那么几个人——四个人,或者五个——总之,对于他们这极少数人而言,河流不再是障碍,因为他们听到了河水发出的声音,与河水取得了联系。他们聆听河水的诉说,河流在他们眼中变得无比神圣,诚如在我眼中所看到的那样。好了,我们现在还是去休息吧,悉达多。"

就这样,悉达多正式留在了摆渡人身边,向他学习如何操纵竹筏。每当渡口那边没什么事情可做时,他就跟婆薮提婆一起,到稻田里干农活,四处搜集柴薪,采摘比桑树[①]上结的果实。他学会了如何制作一根竿桨,学会了如何修补竹筏,学会了如何编织篮子,

---

[①] 原文为Pisangbäume,Pisang为香蕉在印度尼西亚的称法,为马来语。经查证,该词为德国传教士对南亚香蕉树的泛称,现已罕用。

他对自己所学到的一切感到欢欣鼓舞。日月如梭,倏然远逝。婆薮提婆教会了他许多东西,河水教给他的甚至还要更多些。他持续不断地向河水学习,首先学会的就是聆听——他学会了如何以心如止水的态度去聆听,学会了如何在聆听的同时,让心灵有所期待,保持开诚布公的状态,不会催生出任何不合时宜的过激情绪,不据有任何妄念,不预设任何成见,不酝酿任何意见。

悉达多与婆薮提婆相处和睦,过着和谐愉快的河边生活。他们不经常讲话,只在很偶然的情况下,才会彼此交谈,交换一些想法。哪怕在他们两个难得开口讲话的时候,至多也只会讲出寥寥几句早已经过深思熟虑的话语,点到即止。婆薮提婆本就是个不善言辞之人,就算悉达多试图说服他开口,也很少能够成功。

"你是不是——"有一次,悉达多试着向婆薮提婆发问:"也从河水那里学到了这个秘密:时间不存在①。"

听到这个问题之后,婆薮提婆的脸上露出了灿烂的笑容。

"是啊,悉达多。"他回应道,"你从河水那里学来的这个秘密,莫非也是从这些现象当中领悟出来的?这些现象所表述的,可不就是这个意思吗:奔流不息的河水,无论处于河流中的哪个位置,都是一样的——在源头,在河口,在瀑布,在渡口,在湍流,在海里,在山间,都是一样的,对于河水而言,唯有当下,既没有过去的影子,也没有未来的影子,难道不是这样吗?"

"的确如此。"悉达多说,"当我明白了河水所呈现出来的这些现象之后,当我明白了其中蕴藏的道理之后,再来端详自己的人生,才发现这人生无非也是一条河。少年悉达多之于壮年悉达多,壮年悉达多之于老年悉达多,彼此之间只是用观念上的影子来区分,

---

① 此处并非西哲思辨,而是佛教中对"时间"概念的体认。黑塞在后文中论述的内容,大体出自《杂阿含经》"世尊告诸比丘:过去、未来色无常,况现在色!"一段,即将时间判定为主观上的一种想象,对应《阿毗达摩大毗婆沙论》里的提法,时间本身是不存在的,过去、现在、未来俱为一体,重点还是要看当下之人如何去看待它。

并不存在不可逾越的现实鸿沟。悉达多以往的人生绝非过去,他的死亡、他对梵的回归①,亦非未来。过去即空,未来亦是空;万般皆当下,唯求本真,唯争朝夕。"

悉达多的言语之间满溢出顿悟的狂喜,这份启迪令他深感幸福。噢,造成世间万般苦难的根本原因,岂不就是时间?一切自寻的痛苦、自找的烦恼,岂不还是时间?既然如此,一旦我们成功克服了时间,一旦我们将时间抛诸脑后,世间这万般苦难,这万般敌视与仇恨,岂不转眼就烟消云散?悉达多喜形于色,越讲越激动,与此同时,婆薮提婆只是面带微笑地聆听着,不住点头,鼓励对方继续讲下去。婆薮提婆的模样看起来神采奕奕,散发出充满智慧的光芒,一直到悉达多讲完了,他还是保持沉默,向对方颔首示意,并且伸出一只手来,亲切地抚摸了一下悉达多的肩膀,然后就继续去忙手头的事情了。

还有一次,恰逢雨季,河流暴涨,河水迅猛湍急,发出巨大的咆哮声,悉达多见状,就对婆薮提婆说:

---

① 此为印度教的核心思想。依照诸奥义书中的观念,人诞生于梵,在世间不断轮回,唯有通过苦修,才能证悟涅槃,从而脱离永劫轮回,回归梵,得到最终解脱。

"噢，朋友啊，此时此刻，河水发出了许多种声音，非常多的声音，难道不是吗？听啊，它岂不是正在发出一位国王的声音、一名战士的声音、一头公牛的声音、一只夜鸟的声音？听啊，有个女人正在分娩，还有人哀叹连连，除此之外，还有成千上万种各不相同的声音，难道不是吗？"

"的确如此。"婆薮提婆点了点头，"一切生灵发出的声音，统统蕴藏在河流的声音里。"

"那你知道吗？"悉达多继续追问，"假如你能同时听到河流发出的全部声音，万籁齐鸣之时，你听到的，会是哪个字呢？"

无比幸福的笑容在婆薮提婆的脸上浮现。他向悉达多俯身，在他耳边念出了那神圣的"唵"，万字之首，正是悉达多所听到的。

类似的事情发生了一次又一次，悉达多的笑容跟摆渡人的笑容变得越来越像，他们两个几乎同样显露出神采奕奕的模样，几乎同样散发出充满智慧的光芒，细看两人的脸庞，数以千计的细小皱纹遍布各处，这些皱纹的深处，氤氲出几乎同样的幸福感、几乎同样的天真幼稚、几乎同样的老气横秋。很多路过的旅人看到这两个摆渡人，都认为他们是形影不离的亲兄弟。

傍晚时分，他们两个经常一起坐到河岸边的那根圆木上，保持沉默不语的状态，聆听水声。对于他们而言，水声不是水声，而是生命之声、存在之声、永恒变化之声。有时候，当他们两人聆听水声时，会想到同样的事情：想起前天进行的一次谈话，想起他们之前带过河的一位旅人，那人的面容和命运，引起了他们的深思。除此之外，他们还想到了死亡，想起了他们的童年时光。每当河水开始向他们倾诉一些无比美好的事情时，在那一时刻，他们两个总是会心意相通地同时看对方一眼，并且立即知道，对方心里想的是完全一样的内容。此刻，他们都会为彼此各自想清楚了同一个问题、得到同一个答案感到高兴。

有一部分旅人能够察觉到这渡口、这两个摆渡人身上存在着某些难以言说的特别之处。有时候，一位旅人才刚看见其中一个摆渡人的脸，就不由自主地开始了倾诉，倾诉自己的人生经历，细数自己所承受的各项苦难，忏悔自己所犯下的种种罪行，祈求安慰，索要建议。有时还会发生这样的事情：某位旅人主动提出要求，希望他们两个能允许自己在此留宿，跟他们一起，在河边住上一晚，共同聆听河水的声音。除了来来往往的旅人之外，还有一些好奇之人也专程来到这里，因为他们听说此处渡口住着两位智者，要么就是懂魔法的高人，要么干脆就是圣贤。这些好奇之人向他们两个提了很多问题，却都没有得到答案。这些好奇之人千里迢迢而来，既没有见到懂魔法的高人，也没有见到圣贤，只在河边见到了两个友善的小老头。这两个小老头似乎是哑巴，从来听不见他们讲话，行为举止多多少少显得有些奇怪，特立独行，痴呆愚钝。亲眼见到的一切惹得好奇之人哈哈大笑，嘲笑散播消息出来的那些人是多么愚蠢、多么容易受诬骗，像这种空穴来风、不着边际的谣言，竟然还有人信以为真，还要信誓旦旦地恳求他们到实地来求证。

年月飞速更替，转眼又不知过了多少年。这一次，又有些很特别的旅人前来：一群朝圣的比丘，乔达摩的弟子，在世活佛的信徒。他们恳请两位摆渡人尽速送他们过河。悉达多和婆薮提婆从这群比丘口中得知，他们眼下行程如此匆忙，是打算尽快赶回到他们伟大的老师身边。因为先前有消息传来，说那位受众生景仰的尊者，眼下已身患绝症，即将迎来他在轮回中的最后一次死亡，从此脱离永劫，获得解脱。没过多久，又来了一群朝圣的比丘，接着又来了一群。一批又一批的比丘，以及其他大多数渡河的旅人、苦修的沙门，他们谈论的话题始终只围绕着乔达摩、围绕着他即将到来的这次死亡。这就像是普罗大众为了围观大部队出征或者国王加冕这样的重大事件，从四面八方蜂拥而至一般。人群犹如蚂蚁，大规模地聚集起来，成群结队地朝着同一个目的地前行——如此之多的人，仿佛受到了某种魔法的蛊惑，不约而同地朝着伟大在世活佛的所在地、朝着乔达摩等死的那个地方前行，那里即将发生无可比拟的重大事件，属于这个世界周期①的伟大完人，即将迎来命定之死，走向不朽辉煌。

在这段时间里，悉达多多次想起这位垂死的智者，想起这位伟大的老师，他曾用自己的声音告诫过无数民众，唤醒了成千上万的人。多年以前，悉达多也曾谛听过他的教诲，也曾满怀敬畏地端详过他圣洁的面容。悉达多回忆着关于他的一切，亲切感油然而生，眼前隐约浮现出他成为完人的过程中所走的道路。此刻，悉达多的脸上浮现出微笑，想起了自己还是个年轻小伙子时，在离开祇园精舍前曾经当面对尊者讲过

---

① 原文为 Weltalter，古印度的时间概念，即"宇迦"，里面分为四个阶段：圆满时、三分时、二分时、争斗时。四个阶段时长不一，合起来共有432万年，即一个世界周期。每个世界周期，世界都要毁灭一次，毁灭一千次之后，成为一个劫，宇宙毁灭。

的那些话语。在如今的悉达多看来，那些话语都很傲慢自大，只不过是少年老成的早慧者们经常挂在嘴边的废话罢了，他细细回忆着当时讲的那些话，脸上一直带着释然的微笑。悉达多其实早就已经意识到，他再也不可能将乔达摩跟自我分开了，可是与此同时，他又不可能接受乔达摩的那套教诲。不行，作为一名真正的求索者，作为一名真正想要有所得的探寻者，是断然不可能接受任何言传教诲的。不过话说回来，当这求索者、探寻者已经有所斩获，已经亲自求得证悟之后，再来接受任何教诲、踏上任何道路、选择任何目标，又都是可以接受的了——在此前提之下，他跟其他成千上万生活在永恒之中、呼吸着神圣气息的不朽之人比较起来，早已不再有任何区别了。

在这段日子里，很多人都踏上了朝拜垂死活佛的旅程。有一天，迦摩罗，那位曾经美艳无双的城中名妓，也决定去朝拜他了。她早已摆脱了以往所过的那种生活，早已将花园送给了追随乔达摩的比丘们，供他们任意使用，自己则皈依到了乔达摩门下，成为诸多朝圣者的朋友与恩主之一。得知乔达摩即将迎来死亡的消息之后，她就跟小男孩悉达多——跟她唯一的儿子一道，换上简单朴素的衣服，踏上了朝拜之旅。

她带着年纪尚小的儿子徒步前行,沿着这条河的河岸前进;可是,小男孩很快就开始抱怨,说自己已经累坏了,想回家,想休息,想吃东西,不断向母亲挑刺,哭哭啼啼,吵闹不停。

迦摩罗没办法,只好陪着他,一而再再而三地停步歇息。孩子早就习惯于对母亲固执已见,从来不肯听她的话,她也只好一路哄着他,喂他东西吃,时不时地责骂他两句。他无论如何都想不明白,为什么自己必须跟母亲一道,费尽辛劳,踏上这条乏味无聊、充满悲伤的朝拜之旅,前往某个对他而言全然陌生的地方,去觐见某个对他而言全然陌生的男人:听说此人无比神圣,但眼下已濒临死亡。既然快死了,赶紧死掉就好,跟他这个小男孩又有何干?

沿着河岸,走走停停,没过多长时间,这对朝拜的母子就已来到离婆薮提婆所在渡口不远的地方了。刚好这时候,小悉达多再次要求母亲停步歇息。此时就连迦摩罗自己也累了,于是,当小男孩拿着一根香蕉咀嚼时,她自己则蹲坐到地上,微微闭上眼睛,稍事休息。哪曾想到,突然之间,她竟发出一声凄厉的哀嚎,小男孩无比惊恐地望向她,只见母亲吓得脸色惨白,自她穿的那条长裙下方,有一条黑色的小蛇钻了出来，转眼就溜走了。就是这条小蛇，刚刚咬了迦摩罗一口。

母子俩大惊失色，急忙沿着小路朝前奔去，希望能够尽快找到人多的地方，寻求帮助。小蛇果然有剧毒，两人才刚刚来到离渡口不远的一处位置，还没到渡口呢，迦摩罗就倒下了，再也无法向前挪动一步。身旁的小男孩见状，立即发出凄厉的哭喊声，一边大声呼救，一边不停亲吻、拥抱母亲，试图安抚她，与此同时，母亲也跟着他一起哭喊、呼救，希望能够引起附近人们的注意。母子俩哭啊，喊啊，声音终于传到了婆薮提婆耳中——他当时正好站在渡口那儿。于是，婆薮提婆迅速赶了过来，将中毒的女人抱在怀里，抬到了竹筏上，小男孩也跟着上了竹筏。一行人很快就来到了茅草屋里，悉达多正站在屋内的炉灶旁生火，见有人进来，他便抬起头来，第一眼看到的刚好是那小男孩的脸。这张脸十分神奇，瞬间就令悉达多回忆起了许多早已忘却的往事。接下来，他又看到了迦摩罗，虽然眼下她正躺在摆渡人的怀里，昏迷不醒，没怎么露出正脸，他还是一眼就认出了她是谁。如此这般，悉达多马上明白了眼前情况是怎么回事：眼前的小男孩正是自己的亲生儿子，这张脸令他回忆起了太多东西，令他感觉到心脏在胸腔中不停搏动。

迦摩罗被毒蛇咬过的伤口很快就洗干净了，但那伤口眼下已经转黑，她的身体也因中毒而肿胀起来。眼看情况不妙，她立即被灌下了一剂急救用的灵药。转眼之间，她的意识恢复了。她躺在悉达多的卧榻上，躺在这茅草屋里，她曾经那么深爱的悉达多，此刻就站在她的身边，俯身注视着她。对于刚刚苏醒过来的迦摩罗而言，眼前的一切都宛似一场梦，她的脸上不觉露出了微笑，久久凝望眼前这位旧友的面容，慢慢才意识到自己当下的处境，她回忆起了不久前被蛇咬的经历，开始焦急地呼唤起小男孩。

"他就在你旁边，不必担心。"悉达多说。

迦摩罗注视着悉达多的双眼。她开口讲话了，可那话语已听不真切，她的舌头仿佛灌了铅一般，格外沉重，蛇毒麻痹了她的神经，令她口齿不清。"你可真是上了年纪啊，亲爱的，"她说，"转眼之间，你已白发苍苍。尽管如此，你还是跟多年以前那个年轻的丛林小沙门一个样。想当年，你到我美丽的园林里找我，全身上下几乎一丝不挂，只裹了一条破烂腰布，两脚沾满了尘土和泥巴。现在的你，比当初离开我、离开卡玛主时更像他。你的眼神，跟当年的他一模一样，悉达多——哎呀呀,我也老了,跟你一样上了年纪——你还能认出我吗?"

悉达多微笑道:"我一眼就认出了你,迦摩罗,亲爱的啊。"

迦摩罗又指了指旁边的小男孩,说道:"你也认出他了吗?他是你儿子。"

说完这句话,她的目光瞬间就变得迷离散乱,双眼阖上了。男孩见状,马上哭了起来,悉达多将他抱到自己膝盖上坐好,随他去哭,一边抚摸他的头发,一边注视他那张满怀童真的面容,看着看着,他忽而想起了一段婆罗门祈祷文,那是他自己还是个小男孩时曾经学过的。于是,悉达多开始念诵起来,语调轻柔而缓慢,声音如歌如诉,字里行间,流淌着过往种种,隐约可见童年时光在闪动。随着悉达多的念诵,男孩慢慢安静下来,不再放声哭泣,只是偶尔还会抽泣,最后终于睡着了。于是,悉达多就将他放到婆薮提婆的卧榻上。此时,婆薮提婆正站在炉灶旁煮米饭。悉达多向他投去一个眼神,他的脸上露出一抹微笑,以此作为回应。

"她很快就要死了。"悉达多低声说道。

婆薮提婆沉默不语,只是点了点头。炉灶里的火光摇曳,映红了他那和蔼可亲的面容。

迦摩罗再次醒转过来,恢复了意识。难挨的痛苦扭曲了她的面容,悉达多从她的嘴角、她苍白无血色的双颊上读出了这痛苦。悉达多什么也没做、什么也不说,只是一言不发地细细品读这濒死之苦,全神贯注,无比耐心,整个人都沉浸到了她所承受的苦楚之中。

迦摩罗感觉到了悉达多的视线,她的目光开始寻找他的双眼。

她终于看到了他,她目不转睛地注视着他,开口说道:"现在我看清了,你的这双眼也变了,已经变得跟过去完全不一样了。可是,既然如此,我怎么还能认出你是悉达多?你的确是悉达多,但又不是悉达多。"

悉达多没有回应什么,眼神依旧与她目光交汇,他的眼神清澈而静谧。

"你办到了,对吗?"她又问,"你找到了内心的安宁,对吗?"

他面露微笑,伸出一只手来,放到她的手上。

"我看到了安宁,"她说,"我看到了。过不了多久,我也会找到属于自己的安宁。"

"你已经找到了。"悉达多轻声回应道。

迦摩罗继续目不转睛地注视着悉达多,注意力完全集中在他的双眼里。她忽而想起,自己此行的目的,原本是要去朝拜乔达摩,亲眼看看这位完人的面容,呼吸一下他周围的空气,体验一下他所享有的那份安宁。现在她虽然没有见到乔达摩,但却意外找到了悉达多,这很好,就跟亲眼见到了乔达摩一样好。想明白这点之后,她打算讲给悉达多听,哪曾想到,她的舌头此刻竟已不再听从她的指挥,没办法开口了。于是,她只好默然不语地继续注视他,与此同时,他从她眼睛里看到了生命的消逝。临终的苦楚终于遍布了她的双眼,几近夺眶而出,最后的战栗终于掠过了她的四肢。他见证了这一时刻,伸出手指,轻轻拂落了她的眼帘。

悉达多坐在那里,久久凝视迦摩罗永恒长眠的睡颜,久久凝望她永不可能再度开启的小嘴——她那苍老、疲惫的小嘴啊,那因为年岁增长而变得狭窄、不再饱满的双唇。他开始回忆,在自己人生的春天里,恰逢青春年少,他曾经将这小嘴比作半只新鲜剖开的无花果。他在迦摩罗身旁坐了很久,细读那苍白的面容,细读那疲惫的皱纹,恍惚之间,仿佛看到了这样一幅景象,仿佛眼前也能见到自己的面容,同样躺在那里,同样苍白枯槁,同样杳无生机。与此同时,悉达多竟也能看见自己年轻时的面容,那面容也与迦摩罗年轻时的面容相重合,有着红润的双唇、灼热的眼神。此时此刻,这种过去未来俱为一体、一切只存在于当下的感觉,完完全全地渗透了他,他已经能够意识到,这种感觉即为永恒。此时此刻,悉达多比以往任何时候都更深切地体认到了每个生命的不灭、每个瞬间的永恒。

重新站起来时,婆薮提婆已为悉达多准备好了米饭。可是,悉达多没有吃。在养山羊的畜圈里,两个老人准备好了临时用来睡觉的稻草垛①,婆薮提婆转眼就睡下了。悉达多却走了出去,整夜坐在茅草屋外,聆听河水的声音,被往事包围。人生中各阶段的往昔时光,同时触碰他的心灵,将他层层环绕。不过,他还是时不时站起身来,走到茅草屋门前,听听小男孩是否睡熟了。

---

① 此为吠陀时代火葬风俗,人死后至少要守夜一晚,通常为三晚,停尸的房间要敞开门窗,由祭司念诵婆罗门祷文,上供、洗浴、换衣、煮"死人饭"等等,火葬仪式完成后,骨灰一定要撒入恒河。如今只有尼泊尔附近少数地方还继续坚守此传统。

转眼已是清晨,太阳尚未升起,婆薮提婆从畜圈里走了出来,走到这位挚友的身边。

"你完全没睡。"他说。

"是啊,婆薮提婆。我整晚坐在这里,聆听河水的声音。河水向我倾诉了许多,以各种富有疗愈效果的思想、以万物和谐统一的思想来教导我,令我感觉无比充盈。"

"你刚刚经历了很深的痛苦,悉达多,尽管如此,我却能够很清楚地看出,此时此刻,没有任何悲伤真正进到了你心里。"

"的确如此,亲爱的朋友,此时此刻,我又何必悲伤?我啊,过去的我,曾经非常富有、无比幸福,现在的我,甚至比过去的我还要富有、还要幸福——我的儿子,经由上天之手,交托到了我这里,将要跟我一起生活。"

"我也很欢迎你儿子的到来。可现在不是时候,悉达多啊,我们忙起来吧,还有很多事情要处理呢。迦摩罗死在了我妻子死时所睡的卧榻上,既然如此,我们也在为我妻子举行火葬的山丘上,为迦摩罗搭起柴堆吧。"

小男孩还在熟睡,他们搭起了柴堆。

# 儿子

小男孩畏畏缩缩、抽泣不停,参加了自己母亲的火葬仪式。仪式结束之后,他哭丧着脸,羞怯又害怕地听悉达多跟自己讲了前因后果,最终父子相认。悉达多将儿子迎进婆数提婆的茅草屋,宣称这里就是他的新家。一连好些天,小男孩哪儿也不去,只知道呆坐在之前举行火葬的山丘上,脸色惨白,什么也不想吃,闭目塞听,封闭了心灵,抗拒已发生的一切,试图以此来反抗命运。

悉达多体谅儿子,尊重他眼下的悲伤情绪,对他十分体贴,无论儿子做些什么,悉达多都不会横加指责。悉达多心里其实很明白,他的这个亲生儿子并不怎么了解他,不可能像寻常人家的儿子爱父亲那样来爱他。经过一些日子之后,悉达多也慢慢发现,这个十一岁男孩其实是个娇生惯养的孩子,由妈妈带大,从小就在富裕环境里长大,吃惯了精美菜肴,睡惯了柔软卧榻,习惯了对仆人颐指气使。对于这样一种情况,悉达多感到十分理解。悉达多明白,眼前这个哀恸难当之人、娇生惯养之人，显然不可能突然转变心态，心甘情愿地接受全然陌生的环境，过上安贫乐道的生活，对这里的一切感到心满意足。因此，悉达多没有强迫他，反而站在他的立场上考虑，为他改变生活方式做了一系列铺垫，总是精心拣择最好的食物给他吃。总之，他希望通过友好的耐心，慢慢赢得他的真心。

当这个小男孩刚刚来到悉达多身边时，悉达多曾向婆薮提婆宣称，说有了儿子的自己非常富有、无比幸福。哪曾想到，随着时间推移，这个小男孩依旧保持着他那拒人于千里之外的陌生感，性格一直很阴沉，对外展现出一颗傲慢、执拗的心，什么活都不想干，对两位长者毫无敬畏之心，甚至还擅自摘取了婆薮提婆那些果树上的果实。面对种种现实，悉达多开始意识到，儿子给自己带来的并非幸福与和睦，而是痛苦与哀愁。尽管如此，悉达多还是爱他，相较于没有孩子的幸福与快乐，他宁愿承受这基于爱意的痛苦与哀愁。自从小悉达多住进茅草屋之后，两位长者就开始过起了分工合作的生活。婆薮提婆独自承担起了摆渡人的职责，就跟悉达多来之前一样。至于悉达多，为了跟儿子在一起，他揽下了茅草屋里所有要做的事情，以及田间地头的一切劳作。

这段时间无比漫长,悉达多耐心等待,一连等了好几个月,期盼儿子能够理解自己,接受自己的关爱,或许哪天也能回报这份关爱。婆薮提婆同样在等待,漫长的这几个月,他一直在观察,同样有耐心,一言不发。直到有一天,小悉达多又一次闹起倔脾气,折磨他的父亲,将两只盛米饭的碗都给摔碎了。这天傍晚时分,婆薮提婆专程将这位挚友拉到一旁,开口跟他商量。

"恕我冒昧,"他说,"我现在特地找你商量此事,完全是出于好心。这段时间里,我看得很清楚,你在折磨你自己,你在给自己找罪受。亲爱的朋友啊,你儿子令你担忧难受,也令我感到担忧难受。这只年轻的鸟儿,早已习惯了跟我们截然不同的生活,早已住惯了跟我们截然不同的巢穴。他不像你,不是因为长期的厌恶与厌倦,主动选择逃离财富、逃离城市生活——他完全是因为形势所迫,不得不违背自己的意愿,无可奈何地离弃这一切。我已为此问过河水,噢,挚友啊,我已问过它很多遍。但河水并不言语,反而哈哈大笑,它在嘲笑我,嘲笑我的同时,也在嘲笑你,嘲笑我们的愚蠢，笑得波光粼粼、水波荡漾。百川奔流终归海，少年鞍马适相宜，你那儿子啊，现在待的可不是他能够茁壮成长的地方。你也该去问问河水，你也该去听听它为此发出的声响！"

悉达多心事重重地注视着婆薮提婆和蔼可亲的面容，那面容虽然显露出许多皱纹，豁达快意却从未从这张脸上消散过。

"我真的可以跟他分开吗？"悉达多非常愧疚，低声回应道，"再给我点时间吧，亲爱的朋友！瞧瞧，我毕竟还在继续争取，毕竟还在期待他的真心——我还是想用亲人的关切、用友善的耐心来俘获他的真心。总有一天，这条河也将对他开口，他同样受到了天命感召，这也是理所当然的。"

听到这番话之后，婆薮提婆脸上的微笑更加绽放，更显温暖。"噢，是啊，他也受到了天命感召，他的生命也终将归于不朽。尽管如此，我们——你跟我——我们哪知道他受天命感召具体是为了什么？我们哪知道他未来该走哪条道路？我们哪知道他该做什么事、该受什么苦？实话实说，他将受的苦显然不会小，因为他这个人心高气傲，待人接物方面，就目前表现来看，多少有点铁石心肠——像他这种人，必然得承受许多苦难,行差踏错亦不会少,终将犯下许多罪孽。你不妨直说,我亲爱的朋友:你难道不打算教育你的儿子?你难道不打算逼迫他走正道?不打算打他?不打算责罚他?"

"没错,婆薮提婆,你所讲的这些,我都不打算做。"

"我就知道。你不打算逼迫他,不打算打他,不打算命令他,因为你心里很清楚,柔可以克刚,滴水能穿石,慈爱比暴力更有力量。理念相当好,我要赞美你。可你倒是细想想看,你真的没有强迫他、没有责罚他吗?这一切难道不是你的误解吗?你所谓的亲情与慈爱,难道没有绑架他?你那套善意与耐心,岂不是每天都在羞辱他,令他一天更比一天难挨、一天更比一天难堪?你难道真的没有强迫他吗?这可是个恃宠而骄的孩子,向来都很孤傲,如今却不得不跟两个老家伙朝夕相处,挤在一间茅草屋里生活。这两个老家伙,随手摘了香蕉就能当饭吃,煮米饭对他们而言,已经是美味佳肴。他们两个的思维模式,显然不可能跟他取得一致,他们的内心早已盘根错节,无论面对什么,都是心如止水,甚至连走路时的步态都跟他截然不同,这一切难道不是显而易见的吗?这一切难道还不是对他的逼迫、对他的责罚吗?"

一语惊醒梦中人,悉达多倍感惊愕,不由得望向地面,低声发问道:"既然如此,照你看来,我该怎么办才好?"

婆薮提婆说:"将他送回到城里去,送回到他母亲的寓所里去,假如那里还有仆人在,直接将他交给仆人就好。假如那里已经没人了,就带他去拜师,找一位合适的老师。此举的目的,并非为了让他学到什么具体的知识,而是为了让他跟其他同龄男孩聚到一起,还要跟同龄女孩们一起,回到属于他自己的世界里去。你难道从来没有想过这些吗?"

"你看见的恰是我心中所想,"悉达多颇为伤感地回应道,"我的确常常想到你所提及的这些。可是,瞧瞧,我怎么可能将他——将这个缺乏温柔之心的人轻易交还到俗世浮生中去?倘若如此,他岂不会陷入毫无节制的享乐,岂不会在欲望与权力中迷失自我,岂不会重蹈他父亲的一切覆辙,岂不会彻底迷失在轮回之中?"

听到这番话之后,摆渡人脸上的笑容更灿烂了,那笑容仿佛持续向外散发出光芒似的。他伸出一只手来,轻轻抚摸悉达多的手臂,说道:"还是先问问河水吧，朋友！仔细听听，它笑你笑得有多开心！你难道真的相信你的这套说辞吗？你犯下一系列愚行，竟是为了避免让你儿子犯下愚行？你真能保护你儿子、保护他不必受轮回之苦吗？既然如此，那么具体而言，你打算怎么去保护呢？通过教诲，通过祈祷，通过劝诫吗？亲爱的朋友，你是否已经完全忘掉了那个故事，那个你曾经在这里给我讲过的故事，那个婆罗门之子悉达多的故事？仔细想想，那个故事的蕴意是多么深远，其中暗藏了多少的教诲。是谁将沙门悉达多从轮回中解救了出来？是谁将他从罪恶与贪婪的深渊中解放了出来？是谁帮他从自己的一系列愚行中解脱了出来？他父亲的虔诚、他老师的劝诫、他自己渊博的学识、他自己对人生的探求——这些能拯救他吗？试问，有哪位父亲、哪位老师能彻底护住他，不允许他度过自己本该度过的人生，不允许生活轻易玷污他，不允许他独立承担自己犯下的过错，不允许他独自痛饮轮回的苦酒，不允许他寻找自身该走的道路呢？亲爱的朋友啊，你仔细考虑过这些吗？你觉得这世间竟有人可以幸免于难，不必走上受苦之路吗？或许你觉得自己的小小儿子是个例外，因为你爱他，因为你苦心孤诣，想让他免受苦难、免遭痛苦、免除失望？可是，哪怕你豁出去了，替他死上十次，恐怕也无法改变他的命运，甚至连其中最微小的一部分也无从改变。"

在此之前，婆薮提婆还从来没有一次讲过这么多话。悉达多客客气气，向他连声道谢，然后就忧伤地走进了茅草屋里，躺在卧榻上，久久不能安眠。实话实说，婆薮提婆刚才告诉他的这一切，没有哪一样不是他早就思考过、早就烂熟于心的。可是，知易行难，解决问题的方法，他虽然知道得一清二楚，却无法真正放手去实施；比这一清二楚的认识更强烈的，是他对男孩的喜爱，是他作为父亲的柔情，是他对失去儿子的恐惧。在遇到儿子之前，他可曾为任何事情迷茫过？可曾让自己的内心迷失到如此地步？可曾如此盲目、如此痛苦、如此失败又如此幸福地爱过任何人？

悉达多始终还是无法听从挚友的劝告，无法放弃儿子，无法让他离开自己身边。于是，他心甘情愿地让这小男孩来指挥他这个大人的行动，心甘情愿地接受他的轻视。悉达多长久保持着沉默，耐心等待，每天都跟儿子进行无声的仁爱之战、无声的隐忍之战。婆薮提婆同样保持了沉默，同样耐心等待，他的态度始终都很友善，体谅这父子俩的一切，怀抱宽容之心。若说忍耐是一样本事，他们两个都是大师。

在此期间，发生了这样一件事，当小男孩的脸再一次令悉达多回忆起迦摩罗时，他突然想起了迦摩罗当年曾经对他讲过的一句话——那段日子里，他们两个都还很年轻。"你无法去爱。"她当年这样告诉他。他同意她的说法，并且将自己比作天边的星星，将那些天真者比作随风飘荡的落叶。尽管如此，悉达多还是从迦摩罗的这句话里听出了责备的意思。事实上，悉达多还从来不曾为了另外的某个人而心甘情愿地摒弃自我，从来不曾为了别人而全心全意地奉献自我，从来不曾为了别人而忘记自我，从来不曾为了给予别人的爱意而干下一系列愚行；悉达多从来都不会这样，彼时彼刻，在他眼中看来，这正是他跟那些天真者之间决定性的差异，正因为此，他才得以跟那些天真者区分开来。哪曾想到，今时今日，自从儿子来到茅草屋之后，就连他这个人——堂堂悉达多，竟然也彻底变成了一个天真者，心甘情愿地为了别人而受苦，心甘情愿地去爱别人，心甘情愿地迷失在所谓的亲人之爱里，心甘情愿地为了这份爱意而去当一个傻瓜。今时今日，在比其他人都晚的这个人生阶段，在这迟暮之年，就连他也感受到了这份人世间最为强烈、最显怪异的激情，并且因此而不得不承受苦难，不得不经历最凄惨的痛苦折磨。可是与此同时，他又仿佛受到了某种祝福，内心深处似乎获得了新生，人生变得更稳当、更充实了。

悉达多当然能够无比清楚地感受到，他的这份爱意，这份对自己亲生儿子油然而生的盲目之爱，归根到底也不过是某种激情，某种非常人性化的产物，是仅属于俗世凡尘的欲孽。这岂不就是轮回吗？一处混浊不堪的泉口，一江深不见底的死水。可是与此同时，悉达多又觉得这一切也并非毫无价值，深陷其中也是必要的，因为这一切本就源自他自身，正所谓天性使然。就连这欲孽也期盼着救赎，就连这痛苦也等待着舔尝，就连这愚行也祈求被犯下。

这段时期里，儿子也任由父亲犯下一系列愚行，对此视若无睹。他乐于让父亲每天主动向自己示好，乐于让父亲想方设法去满足自己各种天马行空的要求，乐于让父亲唯唯诺诺、无所适从。在他看来，这个所谓的父亲，既没有什么能够哄他开心的能耐，也没什么可以令他感到害怕的本事，无非是个本分又善良的好心人罢了，是个好心、慈爱、温柔的好长辈，兴许还是个非常虔诚的信徒，甚至可能是一位传说中的圣贤——尽管如此，这些品质都不足以赢得小男孩的心。

实际上，他对这个将自己囚禁在破烂茅草屋里的所谓父亲感到无比厌烦，一点也不喜欢他，一点也瞧不上他。在儿子眼中，父亲对自己每一次调皮捣蛋的举动都回以微笑，对自己每一份侮辱谩骂的冲动都回以善意，对自己每一项明目张胆的恶行都回以宽容，这一切恰恰是这老滑头最为可恶、最显狡猾的诡计。与其长期受这种诡计折磨，儿子倒宁愿让他直接恐吓、威胁自己，宁愿被他无情虐待、殴打。

终于有一天，情绪上压抑已久的小悉达多彻底爆发了，公然跟自己父亲对着干了起来。这天一早，父亲给他布置了一项任务，安排他到外面去捡柴薪，小男孩明明听到了要求，却并没有离开茅草屋，反而满怀蔑视、愤恨不已地站在那里，一边抬脚踏地，一边紧握双拳，甚至还面斥父亲、辱骂父亲，喊出口的尽是一些表达仇恨与轻蔑的污言秽语。

"想要柴薪，就自己去捡！"他怒气冲冲地喊道，"我又不是你手下的杂役！我清楚得很，你根本就不会打我，因为你根本就不敢；我清楚得很，你一直妄想用你那套所谓的虔诚温柔、所谓的宽宏大量来惩罚我，持续不断地对我施加压力，妄想让我觉得自己很渺小、很自卑。你妄图将我改造，洗心革面，变成跟你一样的人——变得如此虔诚，如此温柔，如此睿智！可是我这个人啊，你给我听好了，为了教训你，为了令你心里难受，我宁可去当一名抢劫犯、一个杀人犯！我宁愿到地狱里去受煎熬，也不想变成跟你一样的人！我恨你，你不是我父亲，哪怕你当过十次我母亲的姘头！"

狂怒与怨恨在儿子心里奔涌激荡。为了发泄，他声嘶力竭地咒骂父亲，粗鄙不堪、恶意满满的脏话数以百计。骂到最后，小男孩直接跑出了茅草屋，直到傍晚时分才回来。

隔天一早，儿子又不见了。除了他本人之外，一只用双色树皮编织而成的篮子也不见了，这只篮子是专门用来存放大家支付给摆渡人的渡河费用的，里面放了不少铜钱与银币。竹筏也不见了，悉达多找了半天，发现竹筏停在了对岸。小男孩逃走了。

"我必须撵上他。"悉达多说，自从昨天儿子痛骂过他之后，他一想起来就感到无比痛苦，甚至浑身发抖。"他还只是个孩子，肯定没办法凭自己的本事走出这片丛林。放着不管，他会死的。我们必须赶紧再做一只小竹筏，婆薮提婆，有了筏子，我们才能渡河，到对岸去追他。"

"既然如此,我们马上来造筏子吧。"婆薮提婆说,"筏子肯定是要造的,因为我们必须取回被小家伙弄到对岸去的竹筏。不过话说回来,你现在应该放手,就让他离开好了。朋友啊,他已经不再是小孩子了,就算在这片丛林里,他也懂得如何保护自己。眼下他肯定正在寻找回城的道路,他的选择合理正当,是他自发自愿的,你可别忘了这点。眼下他正在做的,恰恰是你本人花费了心力却没做到的事情——他正在努力照顾自己,走自己选择的道路。哎呀呀,悉达多啊,我看得出来,此刻你心里正在受苦,可你现在所受的这份苦,不止讲出去会被别人笑话,过不了多久,就连你自己都会笑话自己。"

悉达多没有答话。他已经伸手拿起斧头,开始用竹竿制作筏子,婆薮提婆也来帮忙,用草绳将一根根竹竿并排绑到一起。筏子做好后,他们乘了上去,试图直接划到对岸,但这筏子很小很轻,转眼就被河水冲到了很远的地方,他们花费了不少力气,好不容易才让筏子靠岸。

"你为什么要随身带着斧头?"悉达多问婆薮提婆。

婆薮提婆说:"存在这样一种可能性,我们竹筏上原本的竿桨,现在可能已经找不到了。"

悉达多完全明白这位朋友眼下正在想些什么，他的想法是：孩子乘竹筏到对岸后，恐怕会直接扔掉竿桨，或者将竿桨折断，以此来报复悉达多，同时也是为了阻止他们乘坐竹筏来追赶自己。凑近一看，竹筏上果然已经没有竿桨了。婆薮提婆指了指竹筏的舱底，指了指原本应该放着竿桨的位置，微笑着注视自己这位朋友，仿佛在说："到了这个地步，你难道还不明白你儿子想告诉你什么吗？你难道还没看出来，他实在不想被你跟踪吗？"意思再清楚不过，但婆薮提婆到底还是没有直接用言语来挑明。他一言不发，开始动手制作新的竿桨。悉达多执意要去寻找逃跑的儿子，当即向婆薮提婆道了别。婆薮提婆倒也没有阻止他。

直到在这片丛林里走了好半天之后，悉达多才逐渐意识到，他眼下的搜寻其实毫无用处可言。在他看来，眼下的情况无非分为两种，儿子要么早就成功走了出去，早就回到了城里，那他继续在丛林里搜寻当然不可能有结果；要么就还没有出丛林，还在路上奔波，在这种情况下，一旦儿子发现了他这个追捕者，当然就会躲起来，想方设法避开他，那他也不可能找到他。悉达多进一步考虑这两种情况，发现无论现实如何，他都没怎么担心儿子，因为在他内心最深处，其实有一种很明确的感觉：儿子肯定没有死，甚至都不会在丛林里遇到什么危险。尽管如此，他还是日夜兼程地赶路，不再为了着急去救儿子，而是出于一种简单的渴望：一种或许还能再见到自己亲生孩子一面的渴望。怀抱这份渴望，他一路赶往多年以前自己居住的那座城市。

不知不觉间，悉达多已经来到城郊的宽阔街道上，走着走着，他在自己十分熟悉的那片美丽园林的入口处停下了脚步。这片园林原本是属于迦摩罗的，想当年，他就站在这个位置，第一次见到坐在大轿里的她。往事一幕一幕浮现在悉达多脑海中。恍惚之间，他又一次看见了年轻时的自己，依然站在那里，依旧年纪轻轻，好一个胡须满面、全身上下只裹一条破烂腰布的沙门，灰头土脸，长长的头发里面遍布泥土和尘灰。悉达多站在入口处，伫立良久，透过敞开的大门向园林深处望去；他看到身穿黄色长袍的比丘在美丽的大树下散步。

悉达多长久伫立，心念与现实两相重合，逐渐沉浸在纷繁芜杂的思绪中，观看一幅幅往昔图景，聆听自己的人生故事。他长久伫立，注视那些比丘，看到年轻的悉达多取代了他们，看到年轻的迦摩罗在大树下散步。他无比清晰地看见了自己，看到自己当年是如何接受迦摩罗款待，如何得到她给自己的第一个吻；他看见自己当年是如何骄傲又轻蔑地回顾持续多年的婆罗门生涯，如何弃之不顾，如何骄傲又渴望地开启同样持续多年的世俗生活；他看到了卡玛主，看见了仆人们，看见饕餮盛宴，宾主尽享佳肴，看见纸醉金迷，赌徒一掷千金，乐师们奏响金玉之声；他看到了那只被迦摩罗关在笼子里的鸣鸟——再次亲身体验这一切，再次与轮回共吐息，再次变得苍老又疲乏，再次感到无比厌恶，再次催生出自我毁灭的冲动，再次念诵神圣的"唵"字，重获新生。

在园林入口处长久伫立，不知道过了多久之后，悉达多才意识到，驱使自己来到这里的那份渴望，本身就是愚不可及的，他终究无法帮助儿子，终究无法跟儿子相依为命。此时此刻，在他的内心深处，强烈地感受到了自己对那个年幼逃亡者的怜爱——这份感触无比强烈，仿佛在心中划出了一道伤口；与此同时，他也隐隐约约意识到，这道伤口的出现，并不是为了让他去刨根问底、探究成因的，这道带来强烈痛楚的伤口，未来必将如花朵般绽放，必将迸射出璀璨光华。

尽管如此，截至目前，这道伤口终究尚未绽放，终究尚未迸射出光华，这无可辩驳的事实令他感到颇为伤感。此时此刻，吸引他来到这里、追寻逃跑儿子的目标已不复存在，取而代之的是一片虚无。他悲伤地坐下来，感到心中有什么东西正在死去，感到无比空虚，既看不到任何值得开心之处，也看不到更进一步的目标。他专心致志地坐在那里，耐心等待。这是他在河边学到的本事之一：耐心等待，保持聆听状态，看能听到些什么。就这样，悉达多坐在城郊大街的尘与泥之间，安静聆听，聆听自己胸腔内的那颗心脏是如何疲惫又悲伤地搏动，耐心等待那个充满启示的声音降临。他一动不动地蹲坐在那里，持久不断地聆听，连续听了好几个牟呼。在此期间，他再也窥不见任何往昔图景，彻底陷入了虚无之中，任由自己往下沉沦，看不到哪怕一条可供前行的通路。每当他感到那道伤口无比刺痛，仿佛自己在忍受灼烧时，他就开始默默念诵"唵"字，全身心地沉浸在"唵"中。园林里的比丘们注意到了他的存在，因为他已经一动不动地在那里蹲坐了好几个牟呼，尘灰已开始在他的花白头发上聚集。有位比丘走了过来，在他面前放下了两根比桑果①。长者对他视若无睹。

---

① 原文为 Pisangfrüchte，即香蕉，参见第166页注①。

不知道过了多久，有一只手伸了过来，触碰了一下他的肩膀，将他从这近似昏迷的恍惚状态中唤醒了。悉达多立刻就辨认出了这触碰的来源，立刻就明白这无比温柔、稍显羞怯的触碰是来自谁的，猛一激灵之间，他就恢复了意识。如此这般，悉达多缓缓站起身来，向前来找他的婆薮提婆问好。他注视着婆薮提婆和蔼可亲的面容，注视着他满怀笑意的细密皱纹，注视着他藏不住欢欣喜悦的眼眸，脸上也不觉露出了微笑。悉达多直到现在才发现放在自己面前的比桑果，顺手就把它们给捡了起来，一根递给摆渡人，自己吃掉了另一根。吃完之后，悉达多就默默跟婆薮提婆一起回了丛林，回到了他们的渡口。从此以后，谁也没有再提起今天发生的一切，谁也没有再提起那个小男孩的名字，谁也没有再提起他逃跑的事情，谁也没有再提起悉达多心中的那道伤口。进到茅草屋里之后，悉达多躺到了卧榻上。又过了一小会儿，婆薮提婆走到他身边，本打算给他一碗椰奶喝，却发现他已经睡着了。

## "唵"

那道伤口啊，灼烧感持续了很久。有时候，悉达多不得不带一些身边跟着一个儿子或者一个女儿的旅行者过河，每当他端详这些人时，没有哪个不令他感到羡慕万分，没有哪个不令他一遍又一遍地腹诽，心里想着："像这样的人竟有如此之多？千千万万的世人都能拥有这份最甜美的幸福——为什么我就不行？哪怕是无恶不作的坏人，哪怕是小偷，哪怕是强盗，也有自己亲生的孩子，也会去爱他们，也会为他们所爱，唯独我没资格！"眼下他的想法就是如此单纯、如此缺乏理性，眼下的他竟跟那些天真者如此相似，几乎无法区分了。

他现在待人接物的方式也跟以前不一样，没以前那么精明，也没那么骄傲了。与过去的悉达多相比，他变得更富有温情，对人对事都更加好奇，也更全心投入。当他为那些寻常可见的旅行者提供渡河服务时，当他面对那些天真者、商人、战士和妇女时，他觉得他们不再像以前那样陌生了：他能够理解他们的行为方式，也愿意去尝试他们所过的那种生活。那种生活没有思想与洞察力的指引，完全依靠本能和欲望来支撑；今时今日，悉达多觉得自己已经跟他们一样了。尽管他的人生之路已接近完结，而且还在忍受最近这道伤口，可是，在他看来，这些天真者早已成为他的弟兄，他们的虚荣与欲望，他们的荒唐无稽，早已失去了可笑之处，反而变得可以理解，变得尤为可爱，甚至到了值得推崇的地步。一位母亲，对自己的孩子展现出盲目的喜爱；一位自负的父亲，对他年纪轻轻的独子有着愚蠢、草率的自豪；一个年轻又虚荣的女人，疯狂地追求珠宝首饰，追求男人们崇拜讨好、啧啧称奇的目光。这一切欲孽驱使，这一切幼稚儿戏，这一切单纯、愚昧却又无比强烈、极端活跃、根深蒂固的牵扯与贪念，对于如今的悉达多而言，早已不再天真了。他看到人们为了这些而活着，看到人们为了这些而陷入无穷无尽的奔波辛劳之中：走南闯北，发动战争，无穷无尽的受苦受难，无穷无尽的难忍难挨。悉达多反而因此而深爱他们，他从他们的每一份激情、每一个行为中都见识到了生命力，见识到了盎然生机，见识到了某些坚不可摧的东西，见证了梵的存在。这些人所拥有的盲目忠诚，他们无与伦比的盲从力量，他们从不屈服的强韧毅力，的确值得去爱、值得钦佩。事实上，这些人什么也不缺，人类当中的博学者与思想者跟他们相比起来，几乎没有任何优势可言，除了一处很小的差异，一处几可忽略不计的差异：清醒的认知，对一切生命所具有的统一性有着清醒的认识。悉达多有时甚至会对此产生怀疑，不过就是拥有这种认知、这套思想而已，是否真的应该受到如此之高的评价？反过来想，或许他本人反而多出了一份思考者独有的幼稚？或许他本人不过是个经常思考的天真者罢了？自始至终，他根本就没有越过天真者的藩篱。总之，除了这处细小差异之外，俗世庸人跟智者圣贤之间就没什么值得一提的区别了。不仅没有区别，俗世庸人甚至还经常表现得比智者圣贤们高明，诚如野生动物顽强、坚定地追求生存必需之物时，经常表现得比人类高明一样。

逐渐绽放、逐渐成熟的，乃是悉达多心中的一项认知，超越所有知识的体认，即智慧的本质，持续多年的求索，他所追求的目标，究竟是什么？答案终于慢慢浮出水面，其实也无非是一项心灵方面的准备，一种能力，一类秘不可宣的技艺，即：在生活中的每时每刻，皆可思考里外合一的统一性，锤炼这套思想，感受统一性,并且将自身纳入其中。逐渐在他心中绽放的恰是这些,与此同时,这一切也在婆薮提婆苍老的面容上,如光芒般迸射而出,这光芒即:和谐,对世界永恒完满之体认,微笑,合一。

尽管如此,那道伤口仍在灼烧,从未停止,悉达多仍在热切而凄楚地思念儿子,将喜爱与柔情长久哺育在内心深处,任由那难挨的苦痛侵蚀、折磨自己,不惜犯下与爱相关的一切愚行。这团烈焰啊,并没有如想象中那般自行熄灭。

某一天,这道伤口又开始剧烈燃烧,带来难以忍受的灼痛,思念之心反复纠缠,悉达多实在忍受不了,于是渡河,前往彼岸。下了竹筏之后,他就打算赶紧到城里去找儿子。刚好这时候,他听到了河水温柔流淌的声音,很轻很轻,似在呢喃。彼时恰逢一年之中的旱季,河水的声音却与以往不同,听起来并不寻常:它在笑!明显是在笑。河水笑了,笑声灿烂又清晰,正在笑他这个老摆渡人,笑得无比开心。悉达多不由得停下了脚步,弯下腰去,俯身到水面上,试图听得更清楚些。这时,他看到自己的面容倒映在静静流淌的河水之上,这面容令他回忆起了某个若隐若现的轮廓,某个已经被他遗忘了不知道多久的轮廓。悉达多一言不发，注视着水中倒映的面容，仔细回忆，努力让脑海中模糊不清的轮廓逐渐变得清晰。最后，他终于发现了其中的奥秘：水中倒映出来的面容，很像他多年以前无比熟悉、无比喜爱又无比畏惧的另外一张脸——他父亲的脸，那个老婆罗门的脸。蓦然之间，他开始回忆起那段时期的尘封往事。当时的悉达多青涩无比，还是个小男孩。可是，这个小男孩啊，当时是多么固执，使出各种手段，迫使父亲同意他离开家乡，前往丛林，当一个苦修的沙门。遥想当年，他是如何以一种傲慢又轻蔑的态度，挥别了父亲，一去不复返，从此再也没有回过家乡。照此看来，父亲当年因他而承受的苦楚，岂不是跟他本人现在为儿子所承受的苦楚一样？父亲岂不是很久以前就已去世，孤苦伶仃，从此再未见过自己的独子？他本人如今遭遇同样的命运，岂不也是命中注定？这周而复始的循环，这充满灾难性的原地打转，岂不是一出喜剧？岂不是一件无比怪异又愚蠢的憾事？

河水笑了。是啊，现实情况的确如此，一切尚未结束的苦难、一切未曾解决的问题，并不会消失不见，只会反复重现，循环往复的痛楚，一次接一次地袭来，不得不一次接一次地去忍受。道理固然是这个道理，可是，悉达多再次回到竹筏上，再次回到茅草屋里，对自己父亲的追忆仍在，对自己儿子的思念仍在，受河水嘲笑的现状仍在，与自我争执的状况仍在。当悉达多面对这一切时，情绪上的确倾向于绝望，可是与此同时，想要大声嘲笑自己、大声嘲笑整个世界的心情也不遑多让。哎呀呀，这道伤口仍未绽放，这颗心面对命运时仍在奋力抵抗，这个人所承受的苦难中，仍未迸射出快乐与胜利的光芒。尽管如此，他却察觉到了希望的存在。回到茅草屋之后，他的内心深处就开始涌生出一股无法抑制的焦渴，希望能够向婆薮提婆敞开心扉，向他坦陈自己所发现的一切，向这位擅于聆听的大师倾诉一切。

婆薮提婆坐在茅草屋里，正在编织一只竹篮。如今他终于不再继续操纵那只摆渡用的竹筏，不再送人到彼岸了；因为他的双眼已开始变得暗淡无光，变得看不清东西了——不止双眼，就连他的双臂和双手也没有力气了。不变的只有他脸上的喜悦，不变的只有那和蔼的善意，依旧如花朵般绽放，如群星般闪耀。

悉达多也坐了下来，坐到这位老人身边，慢慢悠悠地开始讲了起来。此前从未谈论过的事情，悉达多现在都拿出来讲了，包括当年去城里找儿子的旅程，包括那道灼热燃烧的伤口，包括他在摆渡时见到那些幸福父亲时的艳羡之情，包括他其实知道这类愿景统统愚不可及，包括他与这类愿景长久进行抗争却徒劳无功。他将一切和盘托出，无所顾忌地讲述，甚至包括之前觉得无比尴尬、最不想让别人知道的事情——百无禁忌，一切都脱口而出，一切都昭然若揭，一切都洞若观火，他讲个不停，不再有任何隐瞒。他展示了自己的那道伤口，将今天这趟逃亡之旅娓娓道来，讲了他是如何渡河远去，企图当一名天真的逃亡者，如何鬼迷心窍，一意孤行地打算进城，河水是如何嘲笑他，笑起来是多么开心。

悉达多讲个不停，持续不断地讲了很长时间。与此同时，婆薮提婆一言不发地聆听着，脸色无比平静。悉达多感觉到，婆薮提婆今天的聆听比以往任何一次都更用心，给悉达多带来的感受也更为强烈：在倾诉的过程中，他感受到了自己的痛苦，感受到了内心深处匿藏的恐惧如何随着言语流淌，感受到了那些无人知晓的期冀是如何传到婆薮提婆那里、如何再从那里传回到自己身边的。悉达多将自己的伤口毫无保留地展示给这位默然不语的聆听者，整个过程就好似他们两个一起在河水里沐浴，一直洗到那道灼热的伤口逐渐冷却下来，逐渐与河水融为一体。尽管伤口已经冷却，悉达多仍在继续讲述，仍在向婆薮提婆倾诉自己所能想到的一切，仍在向他忏悔自己意图忏悔的一切。随着时间流逝，悉达多心中逐渐产生了一种感觉，讲得越久，这种感觉也随之变得越来越强烈，即眼前听他倾诉的早已不是婆薮提婆，不再是某个具体的人，眼前这位纹丝不动的聆听者，一滴不漏地吸收了他的忏悔，恰似一棵大树一滴不漏地吸足了雨水——眼前这位纹丝不动的聆听者就是这条河，他就是神明，他就是永恒。当悉达多终于不再去想与自身相关的各种事情，终于不再惦记自己那道伤口时，"婆薮提婆已经超凡入圣"这个念头忽而占据了他。他越是深切地认识到这一点，越是想要探究其中奥妙，对于这项体认就越不感到奇怪，就越是觉得已经发生的一切完全是合乎情理、自然而然的。婆薮提婆长久以来就是如此，几乎一直如此，唯一的问题只在于悉达多自己没有完全意识到这一点罢了。是啊，长久以来，悉达多居然一直觉得自己跟婆薮提婆比起来也没什么不同。此时此刻，悉达多突然意识到，他看着这位老婆薮提婆，就跟凡人看着一位神明一样，这种情况是断然不可能长久的；意识到这一点的同时，他已开始在心里默默向婆薮提婆告别，尽管他的嘴仍在讲个不停，并没有因此而停下来。

又过了不知道多久，当悉达多的讲述终于走到尽头时，婆薮提婆也将自己那亲切慈爱、多少有些暗淡的目光投向了他，注视着他的双眼，一言不发，默默地向他散发出满载着爱意和快乐、理解与智慧的光芒。过了一会儿，他伸出一只手来，拉起悉达多的手，将他领到他们河边那个无比熟悉的老位置，跟他一起坐了下来，面带微笑，直面河水。

"你听到河水笑了，"婆薮提婆说，"可你当时并没有听见河水发出的全部声音。现在我们一起来聆听，侧耳细听，你将听到更多。"

于是，他们两个就开始聆听，听得非常仔细。河水百转千回的合唱声温柔地响起。悉达多凝望河面，流动不停的水中逐渐浮现出一幕幕图景：他父亲出现在图景中，形单影只，为儿子感到悲戚伤感；他自己出现在图景中，同样形单影只，同样因为渴望与身在远方的儿子相见而备受煎熬，时刻受到这份渴望的束缚；他儿子出现在图景中，也是一样的形单影只——这个小男孩啊，眼下正在承受难以抑止的焦渴折磨，希望自己能够在充满了年轻欲望的灼热轨道上风驰电掣、一往无前。每个都专注于自己的目标，每个都痴迷于目标的实现，每个都在长久受苦。河水的吟唱起了变化，原本温柔的声音开始变得痛苦，河水以痛苦之声久久吟唱，歌声中怀着焦渴，带着这份焦渴流向自己的目标，歌声如泣如诉、凄苦悠长。

"你现在听见了，对吧？"婆薮提婆静默无声的目光向悉达多发问了。悉达多点了点头。

"听得更仔细些！"婆薮提婆低声说道。

悉达多全神贯注，开始更仔细地聆听河水的声音。图景逐渐发生变化，父亲的身影、他自己的身影、儿子的身影，相互交融到了一起，有那么一瞬间，迦摩罗的身影也出现了，转眼又隐没于流水之中。除了这些之外，还有哥文达的身影、其他许多人的身影，此起彼伏地出现，互相重叠、交融到一起。往昔的全部身影，最终都汇入了同一条河里，化作了河水，承载着焦渴、期冀与苦楚，朝着各自的目标前进。听啊，河水的声音满溢着焦渴，满溢着久经灼烧炙烤的剧痛，满溢着纷繁复杂、无法平息的欲望，沸沸扬扬，呼啸而过，朝着各自的目标，奔流不息——悉达多久久凝望这河水，看它如何匆匆远去。这河水啊，由他本人、他的血脉、他此生见过的各色人等组成，河中的每一道波涛、每一缕水流都在奋力向前，痛苦地奔向目标，许许多多的目标：瀑布、湖泊、激流、大海……每个目标皆可抵达，可是与此同时，在抵达每一个目标之后，又要即刻启程，前往另一个新的目标。就这样，原本的河水变成了水蒸气，升上天空，化作雨水，从天而降，又变成了泉水，变成了小溪，变成了河流，永远疲于奔命，永远都要追求新的变化，永远都要流淌成新的形式。尽管如此，那始终满溢着焦渴的声音却逐渐发生了变化。诚然，声音仍在鸣响，仍旧满溢着剧痛，仍在进行不懈的探求，可是，其他一些声音也逐渐加入了它的行列，快乐与悲伤之声，善良与丑恶之声，欢庆与哀悼之声，上百种声音加入了进来——上千种声音加入了进来。

悉达多听得更加仔细。他现在已经将全部注意力都集中到了声音上，成了跟婆薮提婆一样的聆听者，完全沉浸在了聆听当中，整个人仿佛变成了一个空洞，一滴不漏地将声音给吸纳了进去。他能够很明确地感觉到，自己此刻已经完全学会了聆听这样本事，已经完全掌握了与聆听相关的一切。在此之前，他也经常能听到这些——能够听到这条河中各种各样的声音；可是，今天这些声音听起来却焕然一新，跟之前听起来的感觉完全不同。此时此刻,他已经无法再去分辨这许多种声音,已经无法从悲泣中分辨出喜悦,无法从成人中分辨出孩童,表面上各不相同的声音,最终皆属于同一种,焦渴却未得到的抱怨与知晓奥妙后发出的欢笑,狂怒时的呐喊与濒死之际的呻吟,统统融为一体,统统交织到一处,统统联结到一起,千百次地缠绕、凝聚到一个共同的核心之上,万事万物,俱为一体。所有的一切,统统聚集起来——所有的声音、所有的目标、所有的焦渴、所有的苦难、所有的欲望、所有的善恶……所有的一切聚集起来,就是这个世界;所有的一切聚集起来,也就组成了现象的河流,谱成了生命的乐章。如此这般,当悉达多全神贯注地聆听这条河的全体声音、聆听这汇聚了成千上万种声音的吟唱时,当悉达多既不专注于苦难,也不聚焦于欢笑时,当悉达多不再将自己的心灵束缚在某一种具体的声音之上,不以"我"之执念注入其中,而是随心一听、聆听整体、聆听统一时,这汇聚了成千上万种声音所组成的恢宏组曲,就凝聚成了一个古字,万字之首,那就是"唵":完满。

"你现在听见了,对吧?"婆薮提婆的目光再次发问。

此时此刻，婆薮提婆的微笑迸射出璀璨光芒，辉映于他那苍老面容的全部皱纹之上，恰如高悬于这河水全体声音之上的"唵"字。他注视着自己这位老友，脸上的微笑如此灿烂，于是，同样的微笑也开始在悉达多的脸上绽放。转眼之间，他的那道伤口开花了，他的苦难映出了光华，他的自我与统一里外合一。

在这一刻，悉达多终于停了下来，不再与命运抗争，于是，苦难也随之停止。于是，通晓豁达的快乐，开始在他的脸上绽放。看哪，这是一副不再与无上意志作对的面容，这是一副懂得何为完满的面容，这是一副与现象之河、生命之河相契合的面容，这副面容满怀着慈悲、满溢着怜悯、投身于无尽的奔流之中，从此服膺于万物和谐的统一性。

婆薮提婆从河岸边的那根圆木上站了起来，目光投向悉达多的双眼，当他看到通晓豁达的快乐在那双眼睛里闪耀时，就伸出一只手来，以他所特有的那种审慎、温柔的方式，轻轻触碰了一下悉达多的肩膀，开口说道："长久以来，我都在等待这一刻，亲爱的朋友。眼下它终于来临了，所以，让我走吧。这一刻我已经等得够久了，我当摆渡人婆薮提婆已经当得够久了。如今正果已成。再会了，茅草屋；再会了，这河水；再会了，悉达多！"

悉达多向辞别之人深深鞠了一躬。

"我知道了。"悉达多轻声回应道，"眼下你要进到丛林里去？"

"我要进到丛林里去，我要进到统一之中。"①周身散发出光芒的婆薮提婆说道。

说罢，通体发光的婆薮提婆就离开了。悉达多目送他远去——怀着深深的喜悦，怀着深切的敬意，他目送他远去，瞧那步态，无限安宁静谧；瞧那头顶，光芒普照四周；瞧那身形，金光无穷闪耀。

---

① 本书"丛林"一词暗含象征意味，不便过早说破。此处婆薮提婆的回应原文为"Ich gehe in die Wälder, ich gehe in die Einheit."，将Wälder与Einheit完全对应了起来。汉语中，"丛林"本义为林木聚集之处，后引申为比丘聚居之所；梵语Vindhga Vana，译为丛林，又称为檀林或禅林，为佛教寺院的代称。婆薮提婆的"进到统一之中"，即佛教中所谓的"归一"，本身亦对应了"唵"的定义。

# 哥文达

有一次,哥文达跟其他比丘一道,在名妓迦摩罗赠送给乔达摩弟子的那处美丽园林里歇脚。无意之间,他听到身边的人们聊起一位年老的摆渡人,此人就住在离园林大约一天路程的河边,这里的很多人都认为他是一位真正的圣贤。于是,哥文达再次踏上行程时,就选择了前往渡口的那条道路,希望能够得缘见到这位摆渡人。哥文达这一生过得相当循规蹈矩,从不做任何破格的事情,尽管如此,他如今也因为资历够老、为人谦逊而受到年轻比丘们的敬重。不过话又说回来,哥文达内心深处那份躁动难安、那种早年跟悉达多在一起时即已根深蒂固的探求欲望,至今也不曾消逝。

哥文达来到河边,请求老人送自己过河。当他们抵达对岸、走下竹筏时,哥文达向老人发问道:"你为我们这些比丘和朝圣者做了许多好事,你已经送了我们当中的许多人过河。照此看来,摆渡人啊,你岂不也是一位追寻正道的求索者吗?"

悉达多开口了,那双苍老的眼眸里透露出笑意,对哥文达说道:"你自称求索者——噢,这位尊者啊,我看你年事已高,怎么还穿着乔达摩弟子的长袍?"

"我的确年事已高,"哥文达说,"但我并没有因此而停止探求。我永远都不会停止探求,因为这似乎是我的宿命。你岂不也这样做过吗?在我看来,你肯定也有过这样一段探求之旅。可敬的人啊,你愿意向我透露一二吗?"

悉达多说:"我该对你讲些什么才好呢?尊者啊,或许我该提醒你,你此生探求的实在太多了些。或许我该直截了当地告诉你,虽然你一直在求索,却什么也没找到。这样好吗?"

"怎么会这样呢?"哥文达反问道。

"当某个人处于求索状态时,"悉达多说,"其实是很容易受蒙蔽的,双眼只能看到自己想要探求的事物,也正因此,在整个过程中,他其实无法找到任何东西,无法让任何东西真正进入自己的内心。他一门心思都放在求索的对象上,有一个具体的目标,自然也就执着于这个目标,受到这个目标的蛊惑与支配。求索的本质岂不就是'求'吗?如此一来,'索'当然就是目标,这是无可辩驳的。相比之下,'发现'则意味着无拘无束、放开手脚、不设目标。你啊,你这位尊者啊,仅从客观事实上来判断，你恐怕的确是一位求索者，因为——你始终都在努力追求自己的目标，可是如此一来，你就看不见许多近在眼前、亟待发现的事物了。"

"我还是不怎么理解，"哥文达恳求悉达多讲得更清楚些，"你这番话究竟是什么意思？"

悉达多说："曾经发生过这样一件事，噢，尊者啊，多年以前，你其实已经来过这条河边。彼时彼刻，你发现河边有人正在熟睡，在这丛林里无所依凭，于是，你就坐到他身边，尽力守护他的睡眠。可是——噢，哥文达啊，你却没能认出那个熟睡的人。"

惊诧莫名，如五雷轰顶，老比丘死盯着眼前这位摆渡人的双眼。

"是你，悉达多？"哥文达怯生生地问道，"就连这一次，我也没能认出你来！我要衷心问候你，悉达多，很高兴再次见到你！你如今的模样，可真是变化很大，挚友啊。也就是说，你如今当上摆渡人了？"

悉达多发出爽朗的笑声，态度无比和蔼、无比亲切。"一个摆渡人，没错——哥文达，在这世界上，有些人命中注定就是变化很大，命中注定就要穿各式各样的衣服、从事各式各样的职业，我就是其中一员，亲爱的挚友啊,欢迎你,哥文达,今天就在我的茅草屋里过夜吧。"

哥文达在茅草屋里过了一夜,睡在婆薮提婆过去的卧榻上。哥文达向眼前这位青年时代的挚友提出了许多问题,悉达多也给哥文达讲了许多自己生活中发生的事情。

隔天一早,到了启程离开的时候,哥文达不无犹豫地对悉达多讲出了这样一番话:"在我继续赶路之前,悉达多,请允许我再问你一个问题。你是否拥有自己的一套教诲?你是否拥有某种信仰,或者说一个认知体系,只要能够坚持遵守,就可以助你过好自己的人生,始终行走在正道上?"

悉达多说:"你懂的,亲爱的挚友,哪怕在我还是个年轻小伙子时——当时,我们跟随一群忏悔者,加入了一个沙门群体,在丛林里过着苦修的生活——早在那时候,我就开始怀疑教诲,质疑老师,最终离开了他们。现在我依然如是,没有任何改变。不过话说回来,我这一生也曾有过不少老师:有一位美丽的名妓,曾经长期担任我的老师;有一位富有的商人,也曾是我的老师;还有几个掷骰子的赌徒,同样是我的老师;甚至有一次,某位云游四海、到处朝圣的佛陀弟子，也当过我的老师。还记得那时候，他走在前往某处朝圣的路上，发现我在丛林里睡着了，睡得很熟，于是就坐在我身边守护我。我也曾向他学习过，我也感激他，非常感激他。不过话说回来，在我的所有老师当中，最重要的还是这里的两位：首先是这条河，然后就是我的师父——摆渡人婆薮提婆——我从他们那里学到了很多。其实就是个很简单的人，这位婆薮提婆，他不是思想家，该懂的却一样不少，就跟乔达摩一样，他是一位完人，是一名圣贤。"

哥文达回应道："就跟以前一样，噢，悉达多啊，在我看来，你还是跟以前一样，多少有点喜欢嘲弄人。我相信你所讲的，现在总算知道，这么多年以来，你并没有追随过哪个固定的老师。尽管如此，我也还是要追问：难道你本人就没有发掘出什么新东西？就算不是什么成体系的学问，至少也能找到些许哲思、些许足以启迪你人生的智识？假如你能给我讲讲这方面内容，那就太令我开心了。"

悉达多答道："我的确找到过些许哲思，是啊，时不时地还能获得些许领悟，一直都有。有时候，我能感觉到内心深处有些许智识涌现，时间长达一个牟呼，甚或一天，那种感觉，就仿佛在心中感受到了生命的奥妙一样。总之，有些想法确实很值得一提，但很难用言传的方式与你分享。瞧瞧，我的哥文达啊，这句话本身就是我所发现的哲思之一：智慧是无法分享的。智者试图用言传的方式来传递智慧，这样一类事情，听起来总是很愚蠢。"

"你在开玩笑吗？"哥文达问道。

"我没有开玩笑。我刚刚所讲的，的确是我本人的重要发现——知识可以分享，智慧却不能。大家总是能够发现智慧，总是能够体验它、拥有它，总是能够用智慧去创造奇迹，但却无法将智慧用言语表述出来，无法将它传授给其他人。这是我早在青年时期就已经能够时不时觉察到的一个问题，也是促使我最终离开了那些老师的原因。多年以来，我发现了这样一个道理，哥文达啊，等我将这个道理讲出来之后，你恐怕又会认为我是在跟你开玩笑，或者干脆认为这个道理本身就是愚不可及的，不过话说回来，这个道理却是我目前所能讲出的最好的道理了。那就是：每一个真理的反面，同样也是真理！也即是说：真理唯有在片面的情况下，才能被说出口，才能用语言来表述。事实上，可以用思想去想、可以用语言去说的一切，都是片面的。片面乃万事万物之常态，一切都缺乏整体性，一切都只有一半，一切都看不清全貌和全景，一切都欠缺统一性。正因为此，当那位无比崇高的乔达摩用他那套教诲描述整个世界时，才不得不将其划分为轮回与涅槃、妄念与真理、苦难与救赎。对于试图以言传的方式来向众人传播真理的人而言，除此之外，别无他法。然而，这个世界本身，包括我们周遭的一切，以及我们内心的一切，这一切却从来都不是片面的。某个具体的人，或者某件具体的事，从来都不会完全归属于轮回所辖的范畴，也不会完全归属于涅槃所辖的范畴。某个具体的人，从来都不可能是一位无懈可击的圣人，当然也不可能是个十恶不赦的罪人。之所以现实中乍看起来并非如此，主要还是因为我们误以为时间这个概念是真实存在着的。时间并不真实，哥文达啊，这个道理我已亲身体验过很多次了。在'时间并不真实'这一前提下，俗世凡尘与永恒不朽之间、痛苦与极乐之间、邪恶与善良之间看似存在的界限，归根到底也是一种幻觉。"

"怎么可能会这样呢？"哥文达忧心忡忡地问道。

"听好了，亲爱的挚友啊，从现在开始，你可要听仔细了！人间所谓的罪人，你也是，我也是，我们每个人都是罪人，尽管如此，罪人总有一天也会回归梵，总有一天也会证悟涅槃，总有一天也会解脱成佛——这套原理看似没错，可是你仔细想想：所谓的'总有一天'，其实不过是在欺瞒，只是个比喻罢了！罪人其实并没有走在成佛的道路上，并没有身处于变化发展的进程中。虽然我们有限的思维尚不清楚应该如何将万事万物想象成与这套原理的描述截然不同的模样，但事实显然并非跟它所描述的一样。不对，因为——在'时间并不真实'这一前提下，罪人并非完全是罪人，他在此刻、在今天，就已经是未来的佛陀了，他未来的一切皆在当下，因此，你必得在他这个所谓的'罪人'身上、在你本人身上、在每个人类个体身上尊奉这位渐进的、或然的、隐匿的佛陀。挚友哥文达啊，所谓的俗世凡尘，也并非就不完满，也并非正在某条通往完满的漫长道路上缓慢前行：不是这样的，实际上，俗世凡尘的每一刹那皆是完满，一切既成的罪孽，本身即已蕴藏了宽恕；一切幼小的孩童，本身即已蕴藏了苍老；一切待哺的婴儿，本身即已蕴藏了死亡；一切垂死挣扎者，本身即已蕴藏了永生。谁也不可能从别人那里获知自己内心最深处的秘密，不可能看到他已在自己的道路上走了多远。强盗和赌徒转身亦可成佛，高贵的婆罗门转眼就能当上强盗。在无比深入的冥想中，存在着这样一种可能性——将时间这一概念彻底抹去，将人生中过去的一切、现在的一切与未来的一切视为同时存在。在这样的一处时空中，一切都很好，一切都完满，一切皆归于梵。基于这样一种理念，至少在我看来，什么都是好的，在我的眼中，死亡诚如生命，罪恶堪比圣洁，聪明就是愚蠢，一切必然如此。万事万物都只需要我的认可，只需要我的恩许，只需要我满怀爱意的理解，也正因此，万事万物对我必然是好的，只可能于我有益，绝对不可能伤害我。在我的肉体与心灵中，我深切地体会到，我本身亟需罪孽，亟需满足情欲，亟需追逐财富，亟需填补虚荣，亟需最卑劣不堪的绝境，因为唯有置身于绝境，才能学会放弃挣扎抵抗，才能学会真正去热爱我所身处的这个世界，才不会再拿它跟某个我长久渴望却纯属臆造的世界相提并论，才不会再将它跟我凭空杜撰出来的某种并不存在的完满加以比较，而是尽量让这世界保持它的本来面貌，好好热爱这世界，欣然归属于这世界。——噢，哥文达啊，如许种种，就是我脑海中偶尔掠过的一些想法。"

悉达多弯下腰去，从地上捡了块石头，放在手心里掂了掂。

"这个，"他一边随手把玩着，一边说道，"是块石头。经过一段时间之后，兴许就会变成泥土，假以时日，泥土里又会长出植物，然后再变成动物，或者变成人。假如是在过去，面对这种现象时，我恐怕会说：这块石头就只是一块石头而已，没有任何价值可言，隶属于'摩耶'①世界；不过话说回来，这块石头或许也能在不断发生的轮回转变中变成人类、变成灵魂②，既然如此，我倒也愿意高看它一眼。——过去的我，的确很可能会这么想。可是今天呢，我脑袋里面想的却是：这块石头既是石头，也是动物，也是神明，也是佛陀，我之所以会尊敬它、热爱它，绝不是因为它迟早有一天会摇身一变，变成这个或者那个了不起的事物，而是因为它本来就很了不起，它早就是万事万物，而且永远都是。——正因为它是这石头，正因为它在当下、在今天，以石头的形象出现在了我的眼前，被我看见，被我随手捡了起来，有这一系列因果的存在，我才会去尊敬它、热爱它。从它表面的每一条纹

---

① 原文为 Maya，印度教基本概念，指普通人所在的这个世界是"梵"通过其幻力创造出来的，因而是不真实的，只是一种幻象。
② 此处悉达多陈述的情况为印度教奥义书中的轮回观，并非佛教的六道轮回。

路、每一处凹陷里，从它外观所呈现出来的黄色与灰色里，从抚摸它时所感受到的这种硬度里，从我用手指敲击它时所发出的声音里，从它表面的干燥或湿润里，我都能看出它作为一块石头所具有的价值和意义。有些石头摸起来像是油脂或肥皂，也有一些像是树叶，还有一些像沙子，每一块石头都很特别，以自身独有的方式在念诵'唵'字，每一块石头都是梵，可是与此同时，每一块石头又的确只是石头，摸起来油光水滑，或者给人以饱满多汁的奇妙感觉。以上就是一块石头令我感到格外开心的地方，至少在我眼中，石头是很神奇的，值得我去顶礼膜拜。——不过，我还是点到为止、别再多讲为妙。因为言语毕竟无法传递真理，想方设法讲出来之后，一切终归还是会变得略有不同、略显失真、略为愚蠢——对，就连这一点也非常好，令我倍感欣喜。还有，我也非常认可这样一个道理：此人认定的宝藏与智慧，在彼人耳中听来，总是愚不可及。"

哥文达沉默不语，仔细聆听。

"你为什么要给我讲这些关于石头的话语？"等悉达多讲完，哥文达犹豫了好一会儿之后，才终于开口问道。

"想到就讲了，没什么具体目的，也可能我只是想讲些非常单纯、微不足道的小事：我既爱石头，也爱河流，爱所有这些我们日常能够观察、能够从中学习的事物。我可以去爱一块石头，哥文达，我也可以去爱一棵大树，或者一块树皮。这些都是事物，事物是可以去爱的。然而，我却无法去爱言语。也正因此，教诲对我而言什么都不是——教诲既没有硬度，也失之柔软；既缺少颜色，也不见形貌；既欠缺气味，也毫无滋味，教诲只有言语。或许这就是阻碍你获得安宁的原因，或许就是因为言语絮絮叨叨、无法穷尽。哥文达啊，归根到底，就连救赎与美德、轮回和涅槃，也不过是些言语表述罢了。根本就不存在'涅槃'这种事物；存在的只有'涅槃'这个词。"

哥文达说："可是，'涅槃'不仅仅只是个词而已，朋友，'涅槃'是一种思想。"

悉达多接着说了下去："一种思想，或许如此。关于这点，我必须向你承认，亲爱的挚友：我并不怎么能区分思想与言语。坦率地讲，我也不怎么看重所谓'思想'的重要性。相比之下，我更看重事物本身。比方说，在这只渡河用的竹筏上，原本有一位先生，他是我的师父，是我的老师，是一位真正的圣人。多年以来，他都抱持着一种很质朴的信仰——信奉眼前这条河流，除此之外，再无其他。他意识到河流发出的声音是在跟自己对话，于是，他就直接向河流学习，请河流教导自己、给自己上课，河流对于他而言，就是一位神明。多年以来，他都只将河流视作神明，从来不曾想过，每一阵风、每一朵云、每一只鸟儿、每一只甲虫，其实也跟受他尊崇的河流一样神圣，其实也能跟河流一样教导他。尽管如此，当这位圣人进入丛林时，还是马上就通晓了一切，知道的比你我都多，无需老师，无需书本，只因为他长久信奉这条河流，仅此而已。"

哥文达说："可你那个所谓的'事物'，它果真是某种真正存在的、本质的东西吗？会不会也只是'摩耶'的幻象，只是形式与表象呢？你的石头、你的大树、你的河流——它们都是真实的吗？"

"就连这个问题，"悉达多回应道，"也不怎么困扰我。姑且别管这些事物究竟是不是表象——假如它们真是表象，在这种情况下，我本人无非也是个表象，如此一来，它们始终都跟我合拍。这也正是它们令我倍感亲切的原因，是它们值得我去尊崇的理由：它们跟我是平等的。也正因此，我才能够去热爱它们。讲到这里，我又要提出另外一条很可能会惹你发笑的哲思：噢，哥文达啊，在我看来，爱才是最重要的。看透这世界，解释这世界，蔑视这世界，恐怕是大思想家们才需要去关心的事情。至于我本人，唯一关心的就是要想方设法地去爱这世界，不蔑视这世界，不憎恶这世界，不憎恶我本人，能够怀抱着热爱、钦佩与敬畏——能够带着这样的感情去观察这世界，观察我自己，观察芸芸众生。"

"我理解你所讲的这些，"哥文达说，"可是，恰恰也是你所讲的这些，那位尊者早就将其判定为妄念了。他嘱咐人们要慈悲仁和，要胸怀宽阔，要懂得同情，要善于忍让，但不要去爱；他不允许我们在爱的过程中被世俗的东西束缚。"

"我知道的，"悉达多说，他的微笑闪烁出金光，"我知道，哥文达啊。瞧瞧，我们现在又开始出现观念分歧，不知不觉就陷入言语之争中去了。不能否认，我关于爱的想法与乔达摩的教诲之间，其实是有矛盾的，两者之间显然相悖。这也正是我如此不信任言语的原因，因为我很清楚，这种矛盾本身就是错觉，矛盾其实并不存在。我很清楚，我跟乔达摩的观念是一致的。他怎么可能会不懂爱呢？他这个人啊，既深刻认识到人类个体生命的短暂与虚无，同时又对人类爱得如此之深，乃至于将自己漫长、艰辛的一生完全奉献给了他们，全心全意地去帮助他们、教导他们！哪怕在他的生命里——哪怕在你这位伟大老师的生命里，至少在我看来，具体的事物也比言语更重要，实际的行动与真实的生活，也比他的宣讲更重要，他的一举手一投足，也比他口述的观念更重要。从他的宣讲中，我见不到他的伟大；从他传播的思想中，我见不到他的伟大；唯有从他的行动、他的生活中，我才真正见识了他的伟大。"

悉达多讲完了，两位长者沉默了很久。然后哥文达又开口了，他向悉达多鞠躬道别："我要感谢你，悉达多，感谢你向我分享了你的一些想法。一部分想法在我看来颇为特立独行，我没办法马上理解到位。尽管如此，我还是要感谢你，祝你往后的日子过得舒心。"

（然而，哥文达心里却暗自思忖：这个悉达多，可真是个古怪家伙，讲出口的全是怪异想法，传授的教诲听起来愚不可及。相比之下，尊者那套至真至诚的教诲，听起来就完全不同：更清晰、更纯粹、更易懂，没有任何怪异、愚蠢或者可笑之处。不过话说回来，悉达多的双手和双脚,他的眼睛、他的额头、他的呼吸、他的微笑、他的问候、他的步态,似乎都跟他奇奇怪怪的思想不搭。自从我们无比尊崇的乔达摩进入涅槃之后,我再也没有遇到过像他这样的人,再也没有遇到过能够让我由衷感叹"这是一位圣贤"的人。除了他,除了眼前这位悉达多,令我不得不由衷感叹,不得不认定他的确是位圣贤。尽管他的学说多少有点古怪,他的话语听起来多少有些荒唐,可是他的目光和他的手,他的皮肤和他的头发——他身上的一切都迸射出诚挚的光芒,迸射出安宁,迸射出欢快、温煦与神圣。自从我们那位受众生景仰的老师完成他在轮回中的最后一次死亡之后,我还从来没有在其他任何人身上见到过这种光芒。)

哥文达想着这些,心中充满了矛盾,在爱意牵引之下,他再一次向悉达多鞠躬——向这位安静端坐的旧友深深鞠躬。

"悉达多啊,"他开口道,"我们眼下都成了老人。实话实说,我们以后恐怕很难再以这种形式见到对方了。亲爱的挚友,我看出来了,你已寻获安宁。我承认我没找到……再讲几句吧,尊者,再对我讲几句话——讲几句我也能掌握、也能听懂的话!给我些忠告,让我带在路上吧。我这条路,常常走得很艰辛,周围常常很昏暗,悉达多啊。"

悉达多沉默不语,默默注视着他,脸上带着始终如一、永恒静谧的微笑。哥文达痴痴凝望悉达多的这副面容,心中带着恐惧,也怀着焦渴,他灼灼的目光中写满了苦楚,写满了无止境的求索,写满了无穷无尽的一无所获。

悉达多看到了这些,笑了。

"向我靠拢吧!"他在哥文达耳边轻声命令道,"赶紧靠过来!像这样,还要再靠拢些!紧贴过来!好了,亲吻我的额头,哥文达!"

哥文达对这突如其来的命令感到目瞪口呆,可是与此同时,他又被无比强大的关爱和好的预感吸引,因此,他服从了命令,向悉达多靠拢,用自己的嘴唇触碰了一下他的额头。就在这一刻,他的身上发生了某件颇为奇妙的事情。当他的思绪还沉浸在悉达多的古怪言论中时,当他还在徒劳无功、半信半疑地试着抛开时间观念,试图将涅槃与轮回合而为一时,当他甚至已经对挚友的这番话语生出了些许蔑视,已经隐约开始跟他内心深处的爱意与崇敬相冲突时,他的身上发生了这样一件事:

他忽而不再能看到自己这位挚友悉达多的面容了,取而代之的是其他一些人的面容,许多面容,一长串的面容,一条奔流不息的面容之河,百副面容,千副面容,全来了又全去了,但又似乎同时存在着,每一副面容都在不停变化、不断更新,但这些面容又全是悉达多。他看见一条鱼的面容,一条鲤鱼的面容,在无限痛苦中豁开了嘴,这是一条濒死的鱼,眼睛已经开始泛白——他看见一个新生儿的面容,红扑扑的,到处都是皱褶,哭得拧成了一团——他看见一名杀人犯的面容,看到他将一柄匕首深深插进另一个人的身体里——同一时刻,他又看见这名犯罪者被五花大绑,跪在地上,脑袋被刽子手挥剑砍掉——他看见男人和女人们的肉体,赤身裸体,狂野的性爱姿势,身体扭动,奋战不停——他看见尸体挺在那里,一动不动,悄无声息,冰冷,空寂——他看见动物的头颅,有野猪,有鳄鱼,有大象,有公牛,有鸟儿——他看见众神,看见克里希纳[①],看见阿耆尼[②]——他同时看见所有这些形象与面容,相互之间存在着千丝万缕的联系,

---

[①] 原文为梵文德语音译 Krischna,即"黑天",印度教中毗湿奴神的第八个也是最重要的化身。
[②] 原文为梵文德语音译 Agni,印度教中的火神。

每一个都在帮助另一个，都在不断爱着，都在不断恨着，都在不断幻灭，都在不断新生，每一个都是一份死亡愿景，每一个都是对稍纵即逝的万事万物生出的饱含热情的痛苦忏悔。尽管如此，却又没有哪个真的死去，每一个都只是发生了转变，一直都在重新降生、重新得到新的面容，这副面容与那副面容之间没有任何时间间隔——所有这些形象与面容都在沉淀、流动、显现、飘浮，都在彼此交融；所有这些形象与面容之上，始终笼罩着某种薄膜一般的、虽非实体但又切实存在的东西，就仿佛一层极薄的玻璃或坚冰，就仿佛一层透明的皮肤，一张由水流形成的外壳、模型或面具；这面具微笑着，这面具正是悉达多微笑的面容，这正是他——哥文达，在这一刻用嘴唇触碰的面容。于是，哥文达看见了，面具上的这一抹微笑，这统一性的微笑，正是对奔涌而出的无限形象的超越，这共时性的微笑，正是对千千万万生者与死者的超越。悉达多的这一抹微笑，与乔达摩的微笑一模一样：一抹不变的、静谧的、精妙的、深不可测的，或许满怀了善意的、或许充斥着嘲讽的，睿智的、千变万化的微笑——这样的一抹微笑，哥文达已亲眼见过千百次。哥文达明白，唯有完人，才如此微笑。

不再知晓时间是否存在，不再知晓这图景持续了刹那还是百年，不再知晓是否有一个悉达多、是否有一个乔达摩、是否还有我和你，内心最深处仿佛被一支神圣的利箭射中，那道伤口里面却有甜美滋味涌现，内心最深处仿佛被魔法完全支配，心智已彻底消融。哥文达又站了一小会儿，俯下身去，端详悉达多平静的面容。他刚刚亲吻过这副面容，它刚刚还是一切形象、一切变化、一切存在的舞台。此刻，这副面容已不再发生任何变化，在其表象之下，深处的千变万化已重新封闭起来，他很平淡地笑了笑，浅笑一抹，亲切温和，或许满怀了善意，或许充斥着嘲讽：一模一样，跟他笑起来一样，跟那位尊者一样。

哥文达深深鞠了一躬，泪水顺着他苍老的脸庞流了下来，他却浑然不知。这泪水像一团火，点燃了他心中最真挚的爱意、最谦卑的崇敬之情。哥文达在这位一动不动的端坐入定者面前深深鞠躬，躬身贴近大地，对方脸上浮现出的微笑，令他回忆起自己生命中爱过的一切，回忆起自己生命中真正宝贵且圣洁的一切。